침략자 장편소설

FUSION FANTASTIC STORY

작가
정규현

작가 정규현 6

침략자 장편소설

초판 1쇄 찍은 날 § 2018년 10월 4일
초판 1쇄 펴낸 날 § 2018년 10월 11일

지은이 § 침략자
펴낸이 § 서경석

총괄팀장 § 최하나
편집책임 § 김슬기
편집 § 최광훈

펴낸곳 § 도서출판 청어람
등록번호 § 제387-1999-000006호
등록일자 § 1999. 5. 31
어람번호 § 제1-2960호

주소 § 경기도 부천시 부일로 483번길 40 서경B/D 3F (우) 14640
전화 § 032-656-4452   팩스 § 032-656-4453
http://www.chungeoram.com
E-mail § chungeorambook@daum.net

ISBN 979-11-04-91838-4 04810
ISBN 979-11-04-91746-2 (세트)

침략자 장편소설

FUSION FANTASTIC STORY

작가 정규현

6

도서출판

청어람

작가
정규현

Contents

40장

북페이지의 역습 I

10억이 넘는 돈이 입금되어서 규현은 당황했지만 내색하지 않았다.

그는 마치 처음부터 100만 원이 아닌 100만 달러를 요구한 것처럼 자연스러운 표정으로 입가에 미소를 머금었다.

"저희가 해드릴 수 있는 최대입니다. 더 이상은 저희도 무리입니다."

ABO 드라마 기획국장 조나단 케일이 조심스럽게 말했다. 에피소드 2가 대박이 나면서 당장 들어온 수익만 해도 무시할 수 없을 정도였고 앞으로 들어올 잠재적인 수익까지

합하면 규현에게 준 100만 달러를 회복하고도 한참 남았다. 그래서 어떻게든 100만 달러의 예산을 끌어오는 데 성공했지만 이건 정말 이례적인 일이었다. 더 이상은 무리였다.

"계약서에 사인하겠습니다. 걱정하지 마세요."

규현은 흔쾌히 펜을 꺼내 들었다. 욕심이 과하면 좋지 않다고 생각하고 있었고, 더 욕심을 부릴 생각도 없었다.

다만, 계약서에 사인하기 전에 확실히 해두어야 할 게 있었다.

"미국에 꼭 있을 필요는 없죠? 아무래도 제가 하고 있는 사업이 있다 보니 자리를 자주 비우는 것은 곤란해서요."

"작가님께서 최고의 시나리오를 쓰실 수만 있다면 미국에서 작업하지 않으셔도 됩니다. 웬만한 회의는 화상 채팅으로 해도 되니까요. 다만 아주 가끔, 꼭 필요할 때만 미국으로 오시면 될 것 같습니다."

"이해해 주셔서 감사합니다. 지금 사인하도록 하죠."

감독인 리퍼로부터 확답을 들은 규현은 계약서에 사인했다.

"이제 저는 무엇을 하면 되나요?"

"일단은 저희가 기획 초안을 작성할 수 있게 시즌 2의 전체 시놉시스를 작성해 주셨으면 좋겠습니다."

"그거라면 걱정 마세요. 일주일 동안은 미국에 있을 계획이니, 그동안 작성해서 보내 드리도록 하겠습니다."

"에피소드 메인 작가들은 직접 뽑으시겠습니까? 아니면 저희가 임의로 뽑을까요?"

시즌 2의 감독 리퍼 세일이 조심스럽게 물었다.

에피소드 메인 작가진을 구성하는 것은 민감한 문제였기 때문에 시즌 메인 작가와 감독이 충돌하는 부분이기도 했다.

원래는 감독이 인사권을 가지고 있어야 하지만 작가진의 호흡이 잘 맞아야 하는 만큼 에피소드 메인 작가는 시즌 메인 작가가 뽑는 경우도 많았다.

"현재 이 분야에 대해서 전문가가 아니니, 한 명만 제가 뽑고 나머지는 리퍼 감독님의 안목을 믿도록 하겠습니다."

"감사합니다."

규현은 두 사람과 기분 좋게 헤어졌다.

조나단은 ABO 직원을 시켜 근처의 호텔로 규현을 데려다주었다.

"미국에 계시는 동안의 모든 비용은 ABO에서 지불할 예정입니다. 그러니 비용은 걱정 마시고 편히 쉬시면서 최고의 작품을 만들어주시면 감사하겠습니다. 그리고 이건 제 명함입니다."

규현은 그가 건네주는 명함을 받았다.

ABO 드라마 기획국 소속의 다이크 베이커라고 적혀 있었다. 규현은 명함을 지갑 안에 집어넣고 객실로 향했다. 객실에 도착한 그는 짐을 대충 풀고 미드를 시청하기 시작했다.

당장 시간이 부족했기 때문에 4배속으로 시청했다.

시즌 1 에피소드 2의 메인 작가를 맡게 됐을 때도 4배속으로 미드를 시청했었지만 많은 작품을 보지는 않았다. 솔직히 에피소드 2의 대박은 운도 많이 작용했다고 볼 수 있었다.

거기다 에피소드 1이 예상보다 성적이 부진하면서 에피소드 2의 성공이 더욱 부각된 것도 있었다. 그래서 규현이 귀한 대접을 받을 수 있었다.

규현은 신중하게 시놉시스를 쓰면서 에피소드 6 메인 작가로 칠흑팔검을 뽑았다. 에피소드 6 정도면 재미가 없더라도 기존의 시청자들이 관성에 의해 생각 없이 보기 시작하는 시점이기 때문에 비교적 경력이 부족한 메인 작가가 맡기에 무난했다.

"칠흑팔검 작가님, 잘 부탁드립니다."

―제가 잘할 수 있을지 모르겠습니다. 무엇보다 영어를 못하는 건 아니지만, 능숙한 편도 아닙니다.

"그건 걱정하지 마세요. 제가 통역사 한 명을 붙여 드리 겠습니다. 한국에서 작업도 할 수 있도록 제작사 측에 양해 를 구한 상태입니다."

칠흑팔검은 다소 부정적인 반응을 보였지만 규현은 그를 설득하기 위해 노력했다.

─알겠습니다. 최선을 다해보겠습니다. 부디 제게 조언을 아끼지 마시길.

규현의 계속된 설득 끝에 결국 칠흑팔검은 승낙했고 규현 은 마음 편히 시놉시스 작업에 몰두할 수 있었다. 처음에는 쉽게 생각했었지만 시놉시스 작업은 생각보다 쉽게 진행되 지 않았다.

어느덧 시간은 흘러 마감인 7일째 되는 날까지 3일을 남 겨두고 있었다. 절반 이상의 시간이 흘러갔지만 작업률은 10% 정도에 불과했다.

에피소드 2의 메인 작가 때는 미리 짜인 시놉시스를 보 고 에피소드 2에만 집중하면 되었다. 그래서 그렇게 어려운 면은 많이 없었지만 시즌 메인 작가는 전체적인 흐름을 신 경 써야 했다.

더군다나 검은 사신은 원작이 없었기 때문에 시즌 1만 보고 거의 맨땅에서 시작하는 것과 마찬가지였다.

'진짜 맨땅에 헤딩하는 기분이네.'

원작이 없음에도 불구하고 많은 예산을 배정받을 수 있었던 이유는 경쟁 방송국에서 방송한 왕좌의 혈투의 흥행 때문이었다.

ABO에선 왕좌의 혈투보다 뛰어난 드라마를 제작하고 싶어 했고 마땅한 원작을 찾을 수 없자 당시 유명했던 미드 작가를 영입해서 검은 사신의 틀을 잡았던 것이었다. 하지만 급하게 만든 탓에 검은 사신에는 모순되는 설정끼리의 충돌이 많았다.

'에피소드 1은 예견된 실패인 건가.'

처음에는 몰랐지만 시즌 2의 시놉시스를 쓰기 위해 시즌 1의 시놉시스를 몇 번이나 확인해 보니 깨달을 수 있었다.

에피소드 1의 메인 작가가 아무리 뛰어나도 망할 수밖에 없는 시놉시스였다.

그나마 규현이 시놉시스에 대한 이해도가 다른 메인 작가들에 비해 부족한 상태에서 시작해서 높은 성과를 올릴 수 있었던 것이었다.

시놉시스를 완벽하게 이해하지 못한 상태에서 대본을 썼기 때문에 설정 충돌도 다소 있었다.

'하지만 반응이 좋으니까 이대로 가는 게 좋겠다.'

실제로 에피소드 2의 반응이 좋다 보니 사소한 설정들의 충돌을 막기 위해 다음 에피소드의 내용이 소폭 수정된 것을 볼 수 있었다.

규현도 시청자들의 반응이 좋으니 이대로 가도 좋을 것 같다고 생각했다.

미드도 장르 문학과 크게 다르지 않았다. 비슷한 여러 작품을 보니 대략적인 구조를 알 수 있었다.

에피소드 2의 대본을 쓸 때도 대충 짐작하고 있었지만 이제는 확실해졌다.

그는 자신감 넘치는 표정으로 노트북을 켜고 원고 작업을 재개했다.

6일째 되는 날 저녁, 호텔 주변의 꽤나 유명한 태국 요리 전문점에서 저녁을 해결하고 객실로 돌아와 시놉시스를 정리하고 있으니, 다이크에게서 전화가 왔다.

─작가님, 원고 작업은 잘되어가시나요? 숙소가 불편하진 않으시죠?

규현이 전화를 받자 그는 원고 작업이 잘되고 있는지, 그리고 불편한 것은 없는지 물었다. 전형적인 은근한 원고 재촉 패턴이었다.

"내일 아침까지 시놉시스 보내겠습니다. 걱정 마세요. 저는 마감을 어겨본 적이 거의 없으니까."

─네, 그럼 그렇게 전하겠습니다.

규현의 말에 그는 별말 없이 전화를 끊었고 규현은 열심히 원고 작업을 서둘렀다. 그리고 다음 날 아침에 약속대로 원고를 보내주었다. 그리고 규현은 한국행 여객기에 탑승했다.

긴 비행시간이 끝나고 인천 국제공항에 여객기가 착륙했다. 필요한 절차를 밟고 공항에서 나온 규현은 스마트폰을 확인했다.

[문자메시지 확인하는 대로 전화 부탁드려요.]

상현이 보낸 문자메시지였다.

비행기 안에서 스마트폰을 계속 꺼두는 바람에 문자메시지를 미처 확인하지 못했다.

규현은 상현에게 전화를 걸었다.

"한국 왔다. 그래, 무슨 일이야?"

─형, 큰일 났어요.

상현이 전화를 받았다. 다급한 그의 목소리에 규현은 불안감을 느꼈다.

"갑자기 큰일이라니, 무슨 소리야?"

─일단 사무실로 오셔야 할 것 같아요.

"일단 간단하게라도 상황을 설명해 봐."

규현은 차 트렁크에 짐 가방을 집어넣으며 스마트폰에 대고 말했다.

─그럼 우선 간단하게 말할게요. 북페이지가 본격적으로 저희를 노리고 마케팅을 시작한 것 같아요.

"설명은 충분해. 지금 간다."

규현은 곧바로 사무실로 향했다.

이윽고 사무실이 있는 금진 빌딩에 도착한 그는 주차장에 차를 주차한 뒤, 계단을 통해 2층으로 올라갔다. 사무실 안으로 들어가자 익숙한 얼굴들을 볼 수 있었다.

"형, 이쪽으로 들어오세요."

상현이 회의실 문을 열며 말했다. 규현이 회의실 안으로 들어가자 하온이 커피 두 잔을 내려놓고 나갔다. 그리고 상현이 규현의 앞에 앉았다.

"이제 자세한 상황을 설명해 봐."

규현은 커피를 한 모금 마시며 말했다.

상현에게서 간단한 설명을 들었지만 자세한 설명이 필요했다.

상현은 말없이 스마트폰 화면을 규현에게 보여주었다. 규현은 상현의 스마트폰 화면을 확인했다. 북페이지의 동영상 광고가 재생되고 있었다.

"북페이지도 동영상 광고를 제작한 거야?"

"네. 게다가 CF도 만들었죠. TV에서도 볼 수 있어요."

"돈 좀 썼겠네."

북페이지의 광고를 본 규현이 소감을 말했다. 상현은 고개를 끄덕이며 입을 열었다.

"네. 돈 좀 썼을 거예요. 민혜 씨보다 더 인지도 있는 연예인을 모델로 섭외했어요."

"그렇군."

상현의 말에 규현은 고개를 끄덕이며 대답했다. 연예계에 대해서는 잘 몰랐지만 상현이 그렇게 말한다면 그런 것이라고 생각했다.

"그런데 이 정도는 할 수 있는 거 아닌가? 우리를 노렸다고 보기엔 부족할 것 같은데."

"이게 끝이 아니에요. 이것을 보세요."

상현은 스마트폰 화면을 몇 번 터치했다. 그리고 규현에게 보여주었다.

북페이지 사이트가 나와 있었는데 유명 작품들을 독점으로 공개하고 있었다.

규현은 눈살을 찌푸렸다.

"우리가 섭외하려고 했던 작품이 대부분이네?"

"네. 정보가 어디서 샜는지는 모르겠지만 노렸다고 보는 게 맞을 것 같아요."

가람은 가람북에서 가람 작가들의 작품들만 서비스하는

것보단 다른 유명 작품들도 함께 서비스하는 게 이윤 창출에 도움이 될 것이라고 판단하여 다른 유명 작품들의 서비스도 진행하고 있었다.

그런데 가람북에서 같이 서비스할 예정이었던 작품 대부분이 북페이지에서 독점 계약을 하게 되면서 가람북에서 서비스를 하지 못하는 상황이 되어 버렸다.

"선제공격인가……."

규현의 두 눈이 날카롭게 빛났다.

설마하니 선제공격을 당할 줄은 몰랐다. 북페이지에서 규현이 기사 이야기와 최후의 흑마법사를 독점으로 돌리기 전에 선제공격을 취한 것이었다.

그는 이를 살짝 악물었다.

이렇게 된 이상 기사 이야기와 최후의 흑마법사를 독점으로 돌릴 수밖에 없었다. 이미 선제공격이 들어온 이상, 북페이지는 모든 준비를 끝냈을 거다. 그러니 더 늦기 전에 독점으로 돌려야만 했다.

"상현아."

"네."

"기사 이야기랑 최후의 흑마법사를 독점으로 돌리자. 준비해."

"네, 바로 준비할게요."

물론 독점으로 돌리고 싶다고 해서 바로 독점으로 돌릴 수 있는 게 아니었다.

다른 이북 플랫폼들과 기본적으로 조율을 해야만 했다. 그래서 어느 정도 시간이 필요했다.

상현은 규현에게서 기사 이야기와 최후의 흑마법사를 독점으로 돌리라는 말을 듣기 무섭게 행동에 나섰다.

그렇게 6월이 되자 기사 이야기와 최후의 흑마법사 두 작품은 가람북을 제외한 이북 플랫폼에서 모습을 감추었다.

기사 이야기와 최후의 흑마법사는 충분히 인기 있는 작품이었고 가람북을 제외한 다른 이북 플랫폼에서 모습을 감추자 독자들은 가람북을 이용하기 시작했다.

물론 그 과정에서 기존의 독자들에게 환불을 하는 등의 소란이 있기는 했지만 사소한 것이었다.

다행히 구매보다 대여를 많이 하는 추세라 손해가 극심하지는 않았다.

물론 당장의 손해가 극심해도 문제는 없었을 것이다. 현재 가람은 자금이 탄탄한 편이었으니까.

기사 이야기와 최후의 흑마법사를 가람북에서 독점으로 공개했지만 북페이지는 더욱 많은 작품을 독점으로 확보하는 것으로 맞섰다.

나이버 스토어는 문학 왕국과의 공생을 위해 주로 선독

점, 선공개와 같은 독점 방식을 고수하는 북페이지와 다르게 미리 보기라는 시스템을 활용하여 문학 왕국과의 공생을 아예 포기하고 완전한 독점작을 확보했다.

미리 보기는 편당 결제 시스템과의 충돌 때문에 서로의 공생이 힘든 편이었지만 나이버 스토어는 시장이 크고 미리 보기 유저도 많은 편이었기 때문에 문학 왕국을 포기하고 나이버 스토어에서 독점으로 미리 보기를 연재하는 인기 작가들이 늘어나고 있었다.

"상황이 이렇다 보니 규모가 작은 이북 플랫폼들이 피해를 보고 있네요."

상현이 보고했다. 당연한 결과였다.

거대 이북 플랫폼들이 독점 작품을 늘린다는 것은 다른 이북 플랫폼들이 판매할 수 있는 작품이 줄어든다는 것을 의미했고 그것은 궁극적으로 매출의 하락을 의미했다.

"상황이 많이 심각해?"

"네. 현재까지 출간된 책이 많다고는 하지만 아무래도 사람들은 신간을 많이 보잖아요? 그런데 신간의 대부분이 독점이라는 자물쇠가 걸려 있으니, 답답할 수밖에 없겠죠. 그렇다고 해서 중소 이북 플랫폼 같은 경우엔 독점 작품을 확보할 경쟁력이 없잖아요."

"생각보다 심각한 것 같네."

최근에 가람북도 다른 출판사나 매니지먼트의 작품들을 향해 시선을 돌리긴 했지만 원래는 가람에서 출간한 책들만 판매하는 가람의 자체 이북 플랫폼이었다.

그래서 매출이 조금 하락할 뿐 큰 타격을 입지는 않았지만 다른 이북 플랫폼들은 꽤나 큰 타격을 입을 수밖에 없었다.

"상현아, 대표적으로 가장 큰 피해를 보고 있는 이북 플랫폼들 조사한 뒤, 명단을 작성해서 나한테 보고해."

"네."

규현이 지시하자 상현은 신속하게 움직였다. 북페이지가 시작한 전면전에서 피해를 입은 이북 플랫폼들의 명단이 작성되었다.

점심시간이 지나고 작성된 명단은 규현에게 올라갔다. 규현은 명단을 확인했다. 피해를 입은 건 다섯 곳 정도 되었고 일일이 사이트를 확인해서 대표 전화번호를 수집했다. 그리고 스마트폰을 들어 올렸다.

"어떻게 하실 생각이세요?"

"일종의 연합을 만들 생각이야."

"연합이요?"

"그래. 단일 이북 플랫폼으로는 경쟁력이 없는 이들이 대부분이니… 연합해서 경쟁력을 확보할 생각이야."

규현은 그렇게 대답하며 가장 위 줄에 있는 이북 플랫폼 대표 번호로 전화를 걸었다.

안내 직원이 전화를 받았고 규현은 자신의 신분을 말하면서 대표에게 전화를 연결해 줄 것을 부탁했다.

전화가 연결되었지만 그는 연합에 대해서는 부정적인 태도를 보였다. 다른 이북 플랫폼들도 마찬가지였다.

"후우."

규현은 한숨을 내뱉으며 스마트폰을 내려놓았다.

"잘 안 되었나요?"

전화가 끝날 때까지 규현의 곁을 지키고 있던 상현이 물었다. 규현은 고개를 끄덕이며 입을 열었다.

"살려주고 싶어서 전화했더니, 호의를 무시하네. 내가 다른 속셈이라도 가지고 있다고 생각하는 것 같아."

이 치열한 전장에서 가람북은 살아남을 방법이 무수히 많았다.

이왕 살아남는 거, 같이 살자고 손을 내밀었건만 그들은 차갑게 규현을 외면했다.

"최소한의 예의는 보였으니, 이제 굳이 신경 쓸 필요 없을 것 같은데요?"

상현이 말했다.

냉정하게 들릴 수도 있겠지만 규현은 그들을 돕고자 했고 거절한 것은 그들이었다.

"신경 쓸 필요는 없겠지."

규현은 그렇게 말하며 회의실을 나섰다. 그리고 칠흑팔검의 곁으로 갔다. 노트북 키보드를 바쁘게 두드리고 있던 칠흑팔검은 규현의 기척을 느끼고 손을 멈췄다.

"에피소드 진행은 어때요?"

"아직 오더가 내려오지 않았어요. 준비가 끝나지 않은 것 같네요."

"그렇군요. 그럼 계속 힘내주세요."

규현은 의자에 앉아 가람 작가들의 스토리 교정에 힘쓰기 시작했다.

북페이지와 나이버 스토어가 시작한 전쟁에서 가람북은 당연히 버틸 수 있을 것이라는 확신이 있었기 때문에 더 이상 심각하게 고민하지 않았다.

하지만 며칠 뒤, 규현은 상현에게서 심각한 내용의 보고서를 받아야만 했다.

"생각보다 매출이 많이 내려갔어요."

상현이 보고서를 제출하며 말했다. 규현은 눈썹을 찌푸리며 보고서를 천천히 읽어보았다.

확실히 상현의 말대로 매출이 많이 내려간 상태였다. 그래도 가람북은 그나마 나은 편이었다.

벌써 문을 닫은 이북 플랫폼이 있을 정도로 상황은 심각했다.

"이 상황을 해결할 수 있는 좋은 방법이 없을까요?"

"…아무래도 대표님이 신작을 쓰셔야 할 것 같습니다."

"신작이요?"

"네. 그나마 기사 이야기와 최후의 이야기를 독점으로 돌린 덕분에 유지하고 있지만 이대로는 힘듭니다. 북페이지와 나이버를 상대할 수 없다면, 저희는 저희만의 작품으로 승부를 보는 게 낫다고 생각합니다."

칠흑팔검이 말했다.

그나마 기사 이야기와 최후의 흑마법사를 독점으로 해서 이 정도로 버티고 있었다.

만약 두 작품이 없었다면 다른 이북 플랫폼들처럼 이미 무너지고 말았을 것이다.

"그럼 차기작을 준비하도록 하겠습니다. 일단은 마케팅에 총력을 기울여 주시죠."

결국 규현이 차기작을 쓰는 것으로 결론이 났다. 그는 차기작을 쓰기 위해 의자에 앉아 노트북을 켜고 키보드 위에 손을 얹었다. 하지만 한참 동안 그의 손은 움직이지 않았다.

'아무것도 생각나지 않아…….'

규현의 두 눈동자가 지진이라도 난 것처럼 흔들렸다. 머릿속엔 언제나 새로운 소재들로 가득했던 규현이었다.

그런데 지금은 아무것도 생각나지 않았다. 뭘 써야 할지 감이 잡히지 않았다.

"대표님, 무슨 일 있으세요?"

규현이 힘들어하는 모습을 보이자 열심히 노트북 키보드를 두드리던 칠흑팔검이 규현의 책상 위에 피로 회복제 하나를 올려놓으며 물었다.

"아니요, 아무 일도 없습니다. 다만 뭘 써야 할지 모르겠네요."

규현은 희미한 미소를 머금었다.

"그동안 너무 무리하셔서 그런 것 같습니다. 오늘은 일찍 퇴근하셔서 푹 쉬는 게 좋을 것 같습니다."

칠흑팔검이 조심스럽게 의견을 내놓았다.

그의 말대로 최근 규현은 쉬지 않고 정신없이 달려오긴 했었다.

이제 잠시라도 휴식이 필요한 시점이 온 듯했다. 어쩌면 쉬지 않고 일을 하느라 뇌에 과부하가 걸려서 소재가 떠오르지 않는 것일 수도 있었다.

"칠흑팔검 작가님의 말씀이 맞는 것 같네요. 오늘은 이만 퇴근해 보겠습니다."

규현은 서둘러 짐을 챙겨서 퇴근했다.

오피스텔로 돌아온 규현은 책상에 앉아 노트북을 켜고 글을 써보려 노력했지만 쉽게 써지지 않았다. 글이 써지지 않는다면 다른 것이라도 해야겠다는 생각에 가람 작가의 스토리 교정을 위한 원고를 클릭했다.

이상한 일이지만 스토리 교정은 막힘없이 잘 진행되었다.

하나의 스토리 교정안을 완성한 규현은 문서 작성 프로그램을 종료하고 메일을 확인했다.

검은 사신 시즌 2의 에피소드 1 스토리 초안이 도착했다.

규현은 영문으로 된 스토리 초안을 쭉 훑으면서 고쳐야 할 곳을 고쳤다.

에피소드 1의 메인 작가는 가장 중요하기 때문에 뛰어난 실력의 작가를 붙이는 경우가 대부분이었다. 그래서 그런지 고칠 곳은 거의 없었다.

"이상하네."

노트북 전원을 끄고 의자 등받이에 몸을 기대면서 규현은 혼잣말을 중얼거렸다.

단순히 뇌에 과부하가 걸려서 휴식이 필요한 것이라면 스토리 교정은 물론이고 드라마의 스토리 검토도 할 수 없어야 했다. 그런데 방금 규현은 아무런 막힘없이 교정과 검토를 끝냈다.

"하아."

규현은 한숨을 내쉬었다. 혹시나 싶어서 다시 책상에 앉았지만 여전히 글이 써지지 않았다.

뭘 써야 할지 감이 잡히지 않았다. 밤새도록 고민했지만 좀처럼 답을 찾지 못한 채 다음 날, 아침해가 밝았다.

규현은 피곤한 얼굴로 사무실에 출근했다. 평소대로 칠흑팔검이 홀로 사무실을 지키고 있었다.

"안녕하세요."

"오늘은 좀 어떠세요?"

"일단 써봐야 알 것 같습니다."

칠흑팔검의 물음에 가볍게 대답한 규현은 글을 쓰기 위해 노트북 전원을 켰다.

여전히 글이 나오지 않았다. 심각한 표정으로 앉아 있는 규현에게 칠흑팔검이 다가갔다.

"슬럼프에 빠진 것 같네요."

"그런 것 같습니다."

그의 말에 규현은 긍정했다. 규현도 어느 정도 예상하고 있었다.

그의 현 상태는 슬럼프 외에 다른 말로 설명할 길이 없었다.

"대표님에게 소개하고 싶은 작가가 있습니다."

"누구죠?"

"박세훈 작가입니다. 들어보셨습니까?"

"물론이죠. 이쪽에서는 유명한 작가님이잖습니까."

규현은 고개를 끄덕이며 대답했다.

박세훈 작가는 인기 작품을 쓰지 않았다. 하지만 약 10년 동안 꾸준히 하루도 빠짐없이 하루에 1만 자 이상의 글을 써온 것으로 유명했다.

심지어 그는 슬럼프가 찾아왔을 때도 멈추지 않고 글을 썼다. 그의 성실함은 이미 한국 장르 문학계에서 상당히 유명했다.

"칠흑팔검 작가님과 박세훈 작가님이 개인적으로 아는 사이였을 줄은 미처 몰랐습니다. 만년필에서 알게 되신 겁니까?"

"아뇨. 그분은 문학 왕국에서 연재하지 않으십니다. 그냥 우연히 알게 되었습니다."

칠흑팔검의 대답에 규현은 어색한 웃음을 흘리며 볼을 붉적였다.

세훈이 문학 왕국에서 연재하지 않는다는 사실을 깜빡하고 말았다.

"제 경험입니다만, 글이 막혔을 땐 최대한 많은 작가를 만나는 게 도움이 되는 것 같습니다. 방법을 찾을 때까지 방법을 찾아 나서는 것이죠."

"무식한 방법 같지만 공감이 되네요."

규현은 고개를 끄덕였다. 완전히 공감되지는 않았지만 어느 정도는 공감이 갔다.

다른 작가들과의 교류는 작가에게 깨달음을 주는 시간을 가질 수 있게 한다. 그래서 슬럼프 해결에도 큰 도움이 될 것이 분명했다.

"말이 나온 김에 오늘 당장 만나시겠습니까?"

"박세훈 작가님이 시간이 될까요?"

"워낙 다른 작가분들 만나는 것을 좋아하시는 분이라 시간을 내주실 겁니다."

칠흑팔검은 바로 스마트폰을 꺼냈다. 그가 회의실로 들어가 세훈에게 전화를 거는 사이 현지가 출근했다. 그녀는 책상 위에 짐을 정리하기 무섭게 규현에게 다가왔다.

"오빠, 좀 어떠세요?"

"뭐, 비슷비슷하지."

"사실 오빠 힘내라고 이거 사 왔어요."

현지가 가방에서 뭔가를 꺼냈다. 자세히 보니 에너지 음료였다.

규현은 현지에게서 에너지 음료를 받아 들고는 미소를 지었다. 현지가 책상으로 돌아가자 칠흑팔검이 회의실에서 나왔다.

"대표님, 박세훈 작가님이 언제 시간이 되냐고 물어보시네요."

"저는 언제든지 시간이 됩니다. 요즘 시간이 많아요."

칠흑팔검의 물음에 규현은 좀 전에 비해 가벼워진 목소리로 말했다. 하고 있던 일 몇 개를 마무리했기 때문에 어느 정도 여유가 있었다.

규현은 칠흑팔검을 통해 박세훈 작가와 약속 시간을 조율했다.

약속 시간은 오후 3시, 세훈의 집 근처 카페에서 만나기로 했다.

시간은 흘러 오후 3시가 되었고 규현은 세훈의 집 근처 카페로 향했다. 커피 두 잔을 주문해서 테이블 위에 올려놓고 그를 기다렸다.

이윽고 인기척을 느낀 규현은 의자에서 일어났고 세훈으로 보이는 남자가 그에게 악수를 건넸다.

"정규현 작가님이시죠? 박세훈이라고 합니다."

세훈의 얼굴은 보통의 장르 문학 작가들처럼 공개되어 있지 않았기 때문에 규현은 그를 바로 알아보지 못했다. 하지만 규현의 얼굴은 인터뷰 등으로 많이 알려져 있었기 때문에 세훈은 어렵지 않게 그를 알아볼 수 있었다.

"네, 정규현이라고 합니다. 반갑습니다, 박세훈 작가님."

"신문에서도 봤지만 역시 젊으시네요. 커피 감사합니다."

세훈은 규현의 앞에 앉았다. 그리고 규현이 미리 준비해 놓은 커피를 들어 올리며 말했다. 그의 눈동자가 주변을 살폈다.

"김태진 작가님이 안 보이시네요?"

김태진은 칠흑팔검의 본명이었다.

"칠흑팔검 작가님이 요즘 많이 바빠서서 시간을 뺏기 죄송하더군요. 그래서 실례를 무릅쓰고 저 혼자 나오게 되었습니다."

"사실 저는 딱히 상관없습니다."

세훈은 그렇게 말하며 커피를 한 모금 마셨다. 규현은 어색한 웃음을 흘리며 커피 잔을 입가로 가져갔다.

"김태진 작가님에게 이야기를 들었습니다. 글이 잘 안 써진다고 하셨죠?"

"네."

세훈은 커피를 홀짝이며 규현에게 여러 가지를 물었고 규현은 선생님을 앞에 둔 학생처럼 성실하게 대답했다. 짧은 질의응답 시간이 끝나고 세훈은 등받이에 몸을 기대며 입을 열었다.

"작가병이네요."

"작가병이요?"

"네, 작가병이요. 이건 작가들 사이에서 말하는 은어 비슷한 것이고, 쉽게 말씀드리자면 눈이 너무 높아졌다는 겁니다."

"제 눈이 높아졌다는 것은 어느 정도 인정합니다. 소재 자체가 떠오르지 않아요."

세훈의 말에 규현이 조심스럽게 반박했다.

눈이 높아진 것은 인정했지만 그게 원인은 아니라고 생각했다. 단순히 눈이 높아진 거라면 소재가 안 떠오를 리가 없었다.

"과연 그럴까요?"

규현의 반박에 세훈의 두 눈이 반짝였다.

"제가 볼 때 작가님은 이미 내면의 편집자가 머릿속을 완전히 장악한 것 같습니다."

"내면의 편집자요?"

세훈이 고개를 끄덕였다.

"네. 아마 소재는 몇 번이고 떠올랐을 겁니다. 작가님의 집필 속도로 볼 땐 그게 정상이에요. 그런데 작가님이 생각난 소재를 자각하기 전에 내면의 편집자가 만족하지 못하고 지우고 있는 것입니다."

뭐든 적당한 게 좋다는 말이 있다. 내면의 편집자 역시 마찬가지였다.

적당한 수준의 내면의 편집자는 작품 퀄리티 향상이라는 좋은 결과를 가져오지만, 그것이 과하면 집필 속도 저하라는, 장르 문학 작가에게 있어서 치명적인 결과를 가져오게 된다.

"그렇다면 내면의 편집자를 몰아내려면 어떻게 해야 합니까?"

규현이 두 눈을 날카롭게 빛내며 내면의 편집자를 몰아내는 방법에 대해 물었다. 그는 기꺼이 내면의 편집자를 몰아낼 준비가 되어 있었다.

"그건 저도 몰라요."

"예?"

하지만 돌아온 대답은 어이가 없을 정도로 허무했다. 세훈은 규현에게 답을 가르쳐 주지 않았다.

"무슨 말씀이시죠?"

"말 그대로입니다. 저도 몰라요. 작가에 따라 내면의 편집자를 몰아내고 눈을 낮추는 방법이 다 달라요. 그래서 저는 확답을 드릴 수가 없네요."

세훈의 말은 틀리지 않았다. 두 사람은 서로 알고 지낸 사이도 아니었기 때문에 세훈의 입장에선 규현에 대해 잘 몰랐다. 그래서 조언을 아낄 수밖에 없었다.

"하여간 지금 작가님에게 중요한 것은 눈을 낮춰야 한다는 겁니다."

"명심하겠습니다."

"그럼 저는 이만 가보겠습니다. 커피 잘 마셨습니다. 작가님, 오늘 저와의 대화가 조금이라도 도움이 되었기를 바랍니다."

세훈이 의자에서 일어났다. 규현은 남은 커피를 한입에 마시고는 테이블 위에 얼음만 들어 있는 잔을 내려놓았다. 뒤늦게 올라오는 쓴맛에 눈살을 찌푸리며 그는 오늘 나눈 대화에 대해 깊게 생각했다.

41장

북페이지의 역습II

　규현은 정현도 작가와도 만남을 가졌다.

　예전에 전화번호를 받아두었기 때문에 어렵지 않게 만날
수 있었다. 경쟁 관계였지만 현도는 규현에게 조언을 아끼
지 않았다.

　현도로부터 많은 조언을 들은 덕분에 규현은 어느 정도
감을 잡을 수 있었다. 하지만 그것도 짙은 안갯속에서 간신
히 윤곽을 잡은 것일 뿐, 확신은 부족했고 규현은 방황했
다.

　"마지막으로… 한 사람만 더 만나보자."

치밀어 오르는 답답함을 느끼며 규현은 스마트폰 주소록을 뒤져서 김상균 작가의 전화번호를 찾아냈다.

마지막으로 김상균 작가를 만나볼 생각이었다. 이제는 시간이 많이 없었기 때문에 마냥 다른 작가들을 만나러 다닐 시간이 없었다.

이제 북페이지는 대놓고 가람북을 저격하고 있었고 나이버 스토어는 가만히 있어도 위협적이었다.

시장은 서로 독점을 확보하기 위해 경쟁이 과열되었고, 가람북 또한 가람의 장르 소설들을 모두 독점으로 판매하는 것으로 전환했다.

독점과 독점이 판을 치는 가운데, 문학 왕국 또한 독자적인 이북 서비스를 강화하려는 움직임을 보이고 있었다.

규현은 상균에게 만나고 싶다는 의사를 전달하자 다음 날 그의 집에 초대되었다. 상균의 집은 작가의 분위기가 물씬 나는 단독주택이었다.

규현은 상균이 안내한 거실로 들어가 그와 마주 앉았다.

상균은 커피 잔을 입가로 가져가며 말문을 열었다.

"시장이 과열되고 있더군요. 한데 그 신호탄은 가람에서 쏜 거라고 하던데요."

규현이 대답이 없자 그는 커피를 한 모금 마신 뒤, 잔을 테이블에 내려놓으며 입을 열었다.

"시장이 과열되면 좋죠. 작가들 몸값이 올라가니까, 작가님을 탓하는 게 아니에요."

상균은 규현보다 나이도 많고 장르 문학계의 선배임에도 불구하고 그에게 쉽게 말을 낮추지 않았다. 단정한 용모만큼이나 사람들을 대할 때도 부드러웠다.

"다행이네요."

"그나저나 작가님은 고민이 있다고 들었어요. 요즘 슬럼프라고 하던데, 사실인가요?"

"네, 다른 건 멀쩡한데 신작 집필이 전혀 되지 않네요."

"북페이지에서 알면 좋아하겠네요."

"이미 알고 있을 겁니다."

규현이 대답했다. 북페이지는 이미 알고 있을 것이다.

"어쩌면 그럴 수도 있겠네요."

상균은 잔을 입가로 가져가 커피를 한 모금 마신 뒤 테이블에 내려놓았다. 그러고는 의자 등받이에 몸을 기댄 채 규현을 보았다.

"제가 한마디 조언하자면… 아, 물론 제 조언을 들으러 오셨겠지만… 너무 글을 잘 쓰려고 하지 마세요. 일단 쓰고 보세요."

상균의 조언에 규현은 쉽게 입을 열지 못했다.

일단 쓰고 보는 건 그가 원래 해왔던 방법이었다. 그런데 지금은 일단 쓰는 것 자체가 힘들었다.

규현이 말이 없자 상균은 말을 이어나가기 위해 천천히 입을 열었다.

"대작을 쓴 작가들이 종종 겪는 일이에요. 독자들의 기대에 부응해야 한다는 부담감에 억눌려 좀처럼 글을 쓰지 못하죠. 더군다나 정규현 작가님은 기사 이야기 이후 최후의 흑마법사까지 크게 성공했으니 그 부담감은 제가 상상할 수 없을 정도로 엄청나겠죠."

상균의 말에 규현은 고개를 끄덕였다.

솔직히 신작에 부담감이 없다고 하면 거짓말일 것이다.

기사 이야기와 최후의 흑마법사의 엄청난 흥행, 그에 따라 높아진 독자들의 기대치에 부응해야 한다는 압박감은 생각보다 엄청났다.

신경 쓰지 않는다고는 하지만 은연중에 의식하고 있을 것이다. 어쩌면 그게 깐깐한 내면의 편집자를 탄생시켰는지도 모르는 일이었다.

"일단 돌아가면 바로 글을 쓰세요. 아무런 계산도, 생각도 하지 말고……."

규현은 상균의 조언을 가슴 깊은 곳에 새긴 채 그의 집에서 나왔다.

바로 오피스텔로 돌아가기엔 이른 시간이었기 때문에 그

가 향한 곳은 사무실이었다. 사무실에 도착한 그는 작가들과 직원들의 인사에 대충 답한 뒤 책상에 앉아 노트북을 켰다.

"오빠, 커피 마시면서 하세요."

"고마워."

현지가 커피가 담긴 종이컵을 놓아두고는 자신의 자리로 가서 앉았다.

규현은 여러 작가에게서 들은 조언을 바탕으로 최대한 눈을 낮추었다. 그리고 아무 생각 없이 소재를 떠올리고 세계관을 구성하기 시작했다.

여러 작가에게서 조언을 들은 게 효과가 있는지 혼자서 끙끙거릴 때보단 조금 나았다.

"수고하세요."

어느덧 퇴근 시간이 되자 지석이 노트북을 챙겨서 퇴근했다.

뒤이어 다른 작가들도 퇴근하기 시작했고 서로 눈치만 보고 있던 직원들도 하나둘씩 퇴근 준비를 서둘렀다.

가람의 규율은 느슨한 편이기 때문에 출퇴근이 비교적 자유로운 편이었다.

특히 소수 정예를 지향하고 있어서 한 명의 편집자가 맡은 작가의 수가 많지 않았다. 그래서 그런지 퇴근 시간도 그렇게 늦지 않은 편이었다.

그럼에도 불구하고 일이 많아서 늦게 퇴근하는 직원도 있지만 자주 있는 편은 아니었다.

'C급 두 개에 D급 하나라……'

대부분의 작가와 직원이 퇴근할 때까지 규현이 작성한 프롤로그들의 스탯은 C급 두 개와 D급 하나였다.

총 세 작품의 세계관과 시놉시스까지 작성했다는 것을 고려하면 생산 속도는 결코 느린 편은 아니었지만 품질이 문제였다.

"형, 좀 어떠세요?"

"조금 나아진 것 같습니까?"

고뇌하는 규현의 모습에 상현과 칠흑팔검이 걱정스러운 시선을 보내며 물었다.

일이 많아서 사무실에 남아 있는 편집자 강석규를 제외하면 다들 퇴근한 시간으로 8시 정도 되는 제법 늦은 시간이었지만 칠흑팔검과 상현은 남아서 규현의 곁을 지키고 있었다.

"일단 들은 조언을 참고해서 써보니까 써지긴 하는데, 마음에 들지는 않네요."

규현은 고개를 저으며 퇴근 준비를 서둘렀다.

일단 쓰라는 상균의 조언에는 동의하고 있었지만 시간을

낭비할 수는 없었다.

C급이나 D급 정도 스탯이면 일반인 기준으로 그럭저럭 괜찮은 수준이었지만 A급 작품과 S급 작품을 쓴 규현이 볼 때는 눈을 아무리 낮춰도 시간 낭비로 보였다.

무엇보다 지금 가람북을 살리려면 최소 A급 이상의 작품이 필요했다.

"오늘은 이쯤 해야겠어요."

퇴근 준비를 끝낸 규현은 오피스텔로 돌아갔다. 오피스텔에 도착해서도 여러 복잡한 생각이 머릿속에서 떠나가지 않았다.

늦은 시간이었지만 그는 상균에게 조금이라도 도움을 받기 위해 전화를 걸었다.

―여보세요?

상균이 전화를 받았고 규현은 양해를 구하며 상황을 설명했다.

―절박하죠?

"네, 절박합니다."

―그럼 이왕 이렇게 된 거 더 몰아붙이세요, 한계까지. 그러면 어느 순간 머리가 하얗게 변할 겁니다. 그때 글을 쓰세요. 절박함과 절실함 없이 쓴 글은 머리로 쓴 글입니다. 그 절박함과 절실함을 주인공에게 부여하세요. 진정 주인공

이 살아 움직이게 만드세요. 그럼 될 거예요.

상균의 말대로였다.

절박함과 절실함이 극도로 치밀어 올라 어떤 시점에 도달하자 머리가 하얗게 변했다. 무엇이든 흡수할 수 있을 것만 같은, 무엇이든 받아들일 수 있을 것만 같은 그런 때가 찾아왔다.

마침 오피스텔의 책상에 앉아 고민을 하고 있던 규현은 노트북 전원을 켜고 미친 듯이 설정을 짜기 시작했다.

처음 세계관과 시놉시스는 무아지경으로 만든 것이었지만 시놉시스 보충과 설정 구축을 할 때는 철저하게 했다. 사전 배경 조사도 철저하게 했다.

그리고 6월 셋째 주 월요일, 고생 끝에 프롤로그를 완성할 수 있었다.

"후우!"

스탯 확인을 위해 프롤로그를 문학 왕국 서재에 비밀 글로 올렸다. 긴장되는 순간이었다.

이제 마우스 커서만 살짝 움직이면 스탯을 확인할 수 있었다.

규현은 떨리는 손으로 마우스를 움직였다. 그리고 스탯을 확인했다.

[귀환 영웅]

분류: 판타지.

종합 등급: A.

30일 뒤 예상 24시간 구매 수: 23,000.

A급이었지만 S급에 가까운 구매 수였다.

종합 등급의 격상과 격하가 가능하다는 것이 확인된 지금 규현은 귀환 영웅을 S급으로 만들겠다고 다짐할 수 있었다.

귀환 영웅은 회귀 요소가 가미된 판타지로 시작 배경은 남부 왕국이다.

남부 왕국은 북부 대초원의 몬스터 군단의 침입을 막는 억제기가 북부 제국의 음모에 의해 파괴되고, 남하한 몬스터 군단과의 전쟁에서 패하게 된다.

억제기가 파괴되기 몇 년 전부터 북부 제국은 남부 왕국의 영웅들을 비밀리에 암살하기 시작했고, 당시 평범한 기사였던 주인공은 남부 왕국의 수호신의 선택을 받아 과거로 돌아가게 된다.

과거로 돌아온 주인공이 북부 제국의 암살 시도를 저지하는 것에서부터 이야기는 시작한다. 그러는 과정에서 주인공이 믿음직한 동료들을 모으고 억제기 파괴를 막는다는 이야기였다.

"그럼 독점 공개로 가는 겁니까? 아니면 선독점입니까?"

하은이 중요한 것을 물었다.

독점과 선독점은 달랐다.

가람북에서만 판매하는 독점과는 달리 선독점은 가람북에서 먼저 몇 편을 공개한 다음에 다른 이북 플랫폼에서도 판매하는 것이었다.

"독점으로 가야죠. 예전에는 최대한 많은 이북 플랫폼에 넣어서 최대한 많은 수익을 챙기는 게 정석이었지만 요즘은 독점이 대세니까요."

규현의 말대로 과거에는 최대한 많은 이북 플랫폼에서 판매하도록 하는 게 정석이었지만 최근에는 혜택을 받고 독점으로 들어가는 게 유행이었다.

여기서 말하는 혜택에는 여러 가지가 있는데, 대표적으로 선인세를 많이 주거나 정산 비율을 유리하게 해주는 게 있었다.

"그럼 가람북 독점으로 진행하겠습니다."

하은은 대답과 함께 본인의 자리로 돌아가 웹 사이트 관리를 맡은 외부 업체에 메일을 보냈다.

"메일 보냈습니다. 오늘 안에 메인 배너에 대표님 신작 소식이 올라갈 겁니다."

"잘했어요. 그리고 나이버 메인 배너에도 광고를 올리도록 나이버에 연락하세요."

"하지만 나이버 메인 배너에 광고를 올리면 회사 자금이 조금 여유가 없어질 수도 있습니다."

하은이 조심스럽게 우려를 표했다.

가람은 규모에 비해 자금이 여유로운 편이었지만 요즘 다른 이북 플랫폼들과의 출혈 경쟁 때문에 나이버의 메인 배너에 광고를 올리면 자금에 여유가 없어질 게 분명했다.

"그건 제가 부담할 겁니다."

"괜찮으시겠어요? 개인이 부담하기엔 많은 금액입니다."

"이 정도는 괜찮습니다."

나이버 메인 배너에 광고를 올리려면 개인이 부담하기엔 힘들 정도로 돈이 많이 필요하지만 ABO에서 100만 달러를 받은 덕분에 규현은 아직 여유가 있었다.

"일단 나이버에 연락해 두겠습니다."

그녀는 의자에서 일어나 회의실로 향했다. 잠시 후, 통화를 끝낸 하은이 회의실에서 나오면서 입을 열었다.

"대표님, 메인 배너 스케줄이 꽉 차 있다고 합니다."

하은이 말했다. 나이버에 올릴 수 있는 메인 배너의 수는 한정되어 있었다.

특히 그중에서도 규현이 광고를 넣고 싶어 하는 메인 센터 배너는 단 하나밖에 없었다. 그래서 현재 메인 센터 배너에 광고를 넣고 있는 업체와 협상하거나 기다릴 수밖에 없었다.

"지금 광고 넣고 있는 업체는 어디죠? 돈을 조금 더 주더라도 일찍 내리게 하고 싶은데……."

"북페이지입니다."

"이런……."

하은의 대답에 규현은 탄식했다. 협상만 잘하면 돈을 더 얹어서 주더라도 광고를 조금 일찍 내리도록 할 수 있겠지만 하은의 말에 의하면 현재 나이버에 광고를 넣고 있는 업체는 북페이지였다.

많은 돈을 준다고 하더라도 가장 강력한 경쟁사인 가람북의 광고가 올라갈 수 있도록 양보해 줄 리가 없었다.

"기다리는 수밖에 없겠네요."

"네, 기다리는 수밖에 없어요."

"언제까지 기다려야 하는지 말해줬나요?"

"7월 2주까지는 기다려야 한다고 합니다."

"그러면 지금 나이버에 연락해서 북페이지 광고가 끝나는 즉시 가람북 광고 올려달라고 하세요."

"예."

규현의 지시에 하은은 즉시 나이버에 연락해서 가람북 광고를 예약했다.

가람북 광고가 걸리길 기다리는 동안 규현은 원고 작업만 하지 않았다.

규현은 푸름일보 기자 최병훈에게 소개받은 양준영이라는 기자를 만나기 위해 금진 빌딩 근처 카페로 향했다.

"정규현 작가님?"

카페 안으로 들어가자 초조하게 입구 근처를 서성이고 있던 남자가 말을 걸어왔다.

규현이 고개를 끄덕이자 그는 자신을 소개하기 위해 천천히 입을 열었다.

"저는 '오늘'의 기자 양준영이라고 합니다. 이렇게 나와주셔서 감사합니다."

준영이 고개를 숙이며 감사를 표했다.

병훈을 통해 만나자고 요청한 사람은 규현이 아니라 준영이었다.

규현은 그저 차기작 론칭 준비 중이라는 정보를 미리 병훈에게 흘렸을 뿐이었다.

"저도 마침 여유가 있어서요. 일단 앉으시죠."

"네, 작가님."

규현이 그에게 앉을 것을 권하며 먼저 의자에 앉았고 준영도 뒤이어 앉았다.

테이블에는 커피 두 잔이 있었는데, 준영이 미리 주문해
둔 것 같았다.

"저는 본론부터 말하는 것을 아주 좋아해요."

"작가님을 인터뷰하고 싶습니다."

준영은 두뇌 회전이 빠른 편이었다. 그는 규현의 말을 듣
기 무섭게 곧바로 본론을 꺼냈다. 규현의 입가에 미소가 그
려졌다.

"인터뷰 좋습니다."

*　　　　*　　　　*

준영은 규현을 인터뷰한 내용을 뉴스로 내보냈다.

나이버에 가람북 광고가 들어가는 7월 2주가 될 때까지
규현은 가람북에서 자신의 차기작이 연재될 예정이라는 것
을 사람들에게 최대한 노출시키기 위해 노력했다.

또한 병훈을 통해 알게 된 인터넷 기자 몇 명에게 개인적
으로 가람북에서 기사 이야기와 최후의 흑마법사를 잇는
대작이 독점으로 공개될 것이라는 사실을 보도해 달라고
부탁했다.

"저희만 믿으세요."

"그렇지 않아도 기사로 쓸 생각이었습니다."

기자들은 긍정적인 반응을 보였다.

기사 이야기와 최후의 흑마법사를 집필한 규현의 차기작에 대해서 궁금해하는 사람들이 많았기 때문에 규현의 부탁이 아니라도 기사로 쓸 이유가 충분했다.

〈기사 이야기, 최후의 흑마법사를 잇는 또 하나의 판타지 대작이 온다!〉

〈판타지의 거장, 정규현 작가! 다시 펜을 들다〉

〈가람북에서 전설이 돌아오다〉

며칠 후, 인터넷 뉴스에서 규현의 이름을 어렵지 않게 찾을 수 있었다.

1세대 장르 문학 작가들을 뛰어넘어 한국 최고의 인기 작가가 된 규현의 차기작에 이목이 집중되는 것은 어찌 보면 당연한 일이었다.

[지켜본다: 정규현 작가님, 그리웠습니다! 다시 돌아오셔서 기쁩니다!]

[로리지온: 가람북? 처음 보는 사이트인데… 가람의 작품들이 다 어디 갔나 싶었는데, 저기 가 있네요. 회원 가입 해야겠네요. 정규현 작가님의 소설을 독점 공개 한다는 이유 하나만으

로 회원 가입 이유는 충분합니다.]

　[인류제국: 이게 뉴스냐? 완전 광고네. 가람북한테서 돈 먹었냐!]

　댓글을 확인하는 규현의 입가에 미소가 그려졌다. 부정적인 반응도 있었지만 대부분 긍정적인 반응이었다.

　"대표님의 예상대로 아직 가람북은 인지도가 많이 부족한 것 같습니다."

　마침 함께 댓글을 확인하고 있던 하은이 말했다. 그녀는 다른 작가들과 직원들에게 방해가 갈 것을 의식하여 작은 목소리로 말했지만 바로 옆자리였기 때문에 규현에게는 충분히 전달되었다.

　"네. 댓글을 보시면 아시겠지만 이제야 가람북의 존재를 알게 된 분도 있어요. 조금 더 인지도를 높일 필요가 있어요."

　"이미 나이버 광고를 한번 넣은 적이 있지 않습니까? 나이버라면 대한민국 국민 대부분이 사용하는 포털 사이트인데… 이미 알 사람들은 다 알고 있지 않을까요?"

　"광고 기간이 너무 짧았어요. 그러니 아직 신규 유입을 충분히 기대할 수 있습니다."

　예전에 민혜를 모델로 해서 나이버 메인 배너에 동영상

광고를 넣은 적이 있었지만 당시에는 상황이 이렇게 악화될 줄 몰랐기 때문에 광고 기간을 길게 잡지 않았었다. 그래서 많은 이들에게 노출되지 않았다.

"그런가요……."

하은이 대답했지만 목소리에는 힘이 없었다. 규현은 그녀에게 메일을 보냈다.

"하은 씨, 메일 보냈으니까, 첨부 파일 열어봐요."

"네, 대표님."

하은은 그렇게 대답하며 규현의 말대로 메일을 열고 첨부 파일을 클릭했다. 그러자 처음 보는 자료가 화면에 나타났다.

"얼마 전에 가람북에서 조사한 이용 만족도를 일도 씨가 정리한 겁니다. 한번 읽어보세요."

하은은 자료를 꼼꼼하게 훑었다. 그리고 놀랐다. 평균적인 점수가 매우 높았다.

기타 의견은 전부 읽지 않았지만 몇 개만 추려서 읽어보니 칭찬이 가득했다.

"그 자료를 맹신할 수는 없지만 참고할 만한 가치는 충분하다고 생각합니다."

규현의 말에 하은은 고개를 끄덕였다.

"이제 기다리면 되는 겁니다. 그리고 상현아."

규현은 하은에게서 시선을 떼고 상현을 향해 시선을 옮겼다.

노트북 키보드를 열심히 두드리고 있던 상현은 규현의 시선을 느끼고 손을 멈추었다.

"네, 형, 말씀하세요."

"파워 블로거 몇 명만 섭외해서 가람북이나 내 신작에 대해 언급하게 해줘."

"형, 그건 조금 위험할 것 같아요. 예전에 있었던 이상진 작가 일 때문에 다들 블로그에 예민해요. 혹시라도 걸리면 구설수에 오를 수도 있어요."

상현이 조심스럽게 의견을 말했다. 규현은 한참 동안 고민하다가 고개를 끄덕였다.

상현의 의견도 일리가 있었다. 하지만 파워 블로거가 언급만 해준다면 웬만한 광고보다 효과가 좋기 때문에 쉽게 포기할 수는 없었다.

잠깐 고민하던 규현은 꽤 괜찮은 방법을 생각해냈다.

"그럼 파워 블로거들에게 가람북 이용권을 보내줘."

장르 문학에 대한 글을 전문적으로 올리고 리뷰를 남기는 파워 블로거들에게 공짜로 장르 소설을 읽을 수 있는 이용권을 준다면 그것을 사용할 확률이 높았다.

그리고 이용권을 사용해 가람북의 이북을 읽는다면 자신

의 블로그에 리뷰를 남길 수도 있을 것이다. 확률은 높지 않지만 기대를 걸어볼 법했다.

중요한 것은 이 일이 적은 자금으로 진행이 가능하고 리스크도 적다는 점이었다.

*   *   *

"첫 번째 리뷰가 올라왔습니다!"

석규가 큰 소리로 보고했다. 규현은 서둘러 나이버에서 리뷰를 찾아보았다.

제일 상단에 '가람북 이용 후기'라는 제목의 리뷰가 올라와 있었다.

리뷰는 대부분이 긍정적인 내용이었기 때문에 그것을 읽는 동안 규현의 입가에서 미소가 떠날 줄 몰랐다.

"형, 큰일 났어요! 지금 리뷰 보면서 웃고 있을 때가 아니에요."

"왜 그래?"

"북페이지가 새로운 이벤트를 내놓았는데… 이건 직접 확인하셔야 할 것 같아요."

상현의 목소리에서 느껴지는 심각한 기류를 읽은 규현의 표정이 굳었다.

그는 침착하게 북페이지에 접속했다.

〈전설과 전설의 귀환!〉

이벤트 배너를 보자마자 규현은 불길한 생각이 들었다. 하지만 아닐 거라 생각하며 힘없이 마우스를 움직여 이벤트 배너를 클릭했다. 이벤트 내용을 확인한 규현은 고개를 저었다.

"하아, 이럴 줄은 몰랐는데……."

규현은 혼잣말을 중얼거렸다.

'전설과 전설의 귀환!'이라는 제목이 붙은 이벤트는 전설적인 1세대 판타지 작가 김상균과 정현도의 귀환을 알리고 있었다.

두 작가는 같은 1세대 판타지 작가와 비교도 할 수 없을 정도로 거물이었다.

두 사람은 살아 있는 전설이었고 규현조차 그들과 맞설 자신이 없었다.

"확인하셨죠?"

"그래, 큰일이네."

상현의 말에 규현은 고개를 끄덕이며 대답했다.

현도의 대표작인 검은 새벽의 네크로맨서는 규현이 등장

하기 전까지 북페이지에서 부동의 2위였으며, 상균의 검은 용 기사단은 완결이 됐음에도 불구하고 한참 동안이나 북페이지 1위를 유지하고 있었다.

두 작가 모두 괴물이었지만 현도는 검은 새벽의 네크로맨서가 마지막 작품이 될 것이라고 발표했었고, 상균은 한참 동안 차기작 소식이 없어서 잊고 있었다.

북페이지가 현도와 상균을 어떻게 설득했는지는 모르겠지만 그들이 두 작가를 확보한 탓에 규현은 강적을 만나게 되었다.

더군다나 그들 또한 북페이지 독점이었으니, 충돌은 피할 수 없을 것이다.

규현은 복잡한 심경이었다. 얼마 전에 상균에게 조언을 들으면서 많은 대화를 나누었지만 차기작을 준비하고 있다는 사실을 전혀 눈치채지 못했었다.

"어떻게 하실 생각이세요?"

상현이 걱정스러운 시선으로 규현을 보며 물었다. 규현은 이를 살짝 악물며 귀환 영웅 문서 파일이 있는 폴더를 열었다.

그리고 문서 파일 전부를 '보류' 폴더로 옮겼다. 만약을 위해 삭제를 하진 않았다.

"가만히 있을 수는 없으니 열심히 써야지."

경쟁. 이상진과의 경쟁과는 조금 달랐다.

가슴에서 기분 좋은 고동이 느껴졌다.

"한번 해볼 생각이야."

규현은 세계관과 전체 시놉시스를 제외하고는 프롤로그까지 완전히 날렸다.

그리고 새로운 문서 파일을 열었다. 하얀 백지가 마음을 편안하게 해주는 것 같았다.

42장

귀환 영웅 I

규현은 늘 하던 것처럼 정신을 극도로 깎아먹는 반복 작업을 시작했다.

처음은 D급으로 시작했지만 반복을 거듭할수록 점차 문제점이 보완되었다. 그리고 마침내 7월 2주가 되었을 땐 평균적으로 B급에서 A급의 스탯을 가진 작품을 만들어낼 수 있었다.

하지만 S급의 벽은 높았다. 규현은 확실하게 S급 작품을 만들 수 있다는 확신이 있었지만 문제는 시간이었다. 시간이 많지 않았다.

"나이버 메인 배너와 방송 3사 및 케이블 채널에 광고가 들어갔어요."

상현이 보고했다. 그토록 기다리던 7월 2주가 시작된 것이다.

규현은 TV와 나이버 메인 배너에서 가람북의 광고를 볼 수 있었다. 처음엔 TV 광고를 진행할 계획은 없었다. 하지만 좀 더 인지도를 올릴 필요가 있을 것 같다는 상현의 권유에 규현은 조금 무리해서 방송 3사와 케이블 채널에 광고를 신청하게 되었다.

영상은 아직 계약 기간이 남은 민혜를 모델로 한 동영상을 사용했다.

"형, 아직 완성되지 않은 거예요?"

"조금만 더 기다려 봐. 아직 만족스러운 게 나오지 않았다."

상현이 조심스럽게 재촉했고 규현은 다소 짜증이 섞인 목소리로 대답했다.

그 모습을 보며 상현은 말없이 탕비실의 냉장고에서 피로회복제를 꺼내 규현의 책상 위에 올려두었다.

상현의 입장에선 규현을 재촉할 수밖에 없었다. 작품을 공개하기로 한 날이 얼마 남지 않았기 때문이었다.

'역시 다른 작품을 새로 쓰는 것보다 귀환 영웅을 적당히

수정하는 게 좋을 것 같아.'

규현은 상현이 책상에 올려둔 피로 회복제를 마시며 생각
했다.

그동안 여러 작품의 프롤로그를 쓰고 스탯을 확인하는
지루한 작업을 반복한 결과, 새로운 작품의 프롤로그를 쓰
는 것보다 이미 틀을 잡아둔 귀환 영웅을 수정하는 게 더
효율적이라는 판단이 섰다.

새로 쓰는 작품들은 아무것도 없는 상태에서 시작하는
것이었지만 귀환 영웅은 이미 세계관 설정과 시놉시스가 짜
여 있었다.

수정만 하면 됐기 때문에 프롤로그를 쓰는 데 걸리는 시
간도 새로 쓰는 것과는 비교도 되지 않을 정도로 빨랐다.
그리고 결과도 더 좋았다.

"칠흑팔검 작가님, 설정과 프롤로그를 검토해 주실 수 있
겠습니까?"

"메일로 보내주세요."

혼자서 문제를 찾는 것은 한계가 있었다. 그래서 규현은
가람 사무실에서 가장 식견이 깊은 칠흑팔검에게 도움을 요
청했고 칠흑팔검은 흔쾌히 고개를 끄덕이며 메일로 보내달
라고 말했다.

"지금 보내 드릴게요."

규현은 칠흑팔검에게 메일을 보냈다.

"잠시만요. 이것만 끝내고 읽어보겠습니다."

칠흑팔검은 쓰고 있던 문장을 마무리하고는 규현이 보낸 설정과 프롤로그를 확인했다.

그런 칠흑팔검의 옆모습을 보는 규현의 눈동자가 긴장으로 인해 살짝 흔들렸다. 칠흑팔검에게 보낸 프롤로그는 A급 스탯의 프롤로그였다.

"상당히 재미있네요. 이대로 올려도 될 것 같은데요?"

칠흑팔검이 말했다.

당연히 재밌을 수밖에 없었다. 규현이 보낸 것은 종합 등급 A를 자랑하는 프롤로그였으니까.

하지만 규현이 원한 대답은 그게 아니었다.

"장점보다는 단점을 말해주세요."

"단점 말인가요?"

"네."

장점보다는 고쳐야 할 점을 알아야 했다. 그래야 고칠 수 있었다.

규현이 칠흑팔검에게 프롤로그를 보여준 이유는 고칠 부분을 찾기 위해서였다.

B급까지는 단점이 어느 정도 선명하게 보이지만 A급부터는 장점이 너무 강렬해서 단점은 희미하게도 찾기가 힘들

었다.

칠흑팔검에게 보낸 프롤로그 역시 규현이 더 이상 단점을 찾아내지 못한 것으로 글 밥을 많이 먹은 칠흑팔검이라면 혹시라도 파악할 수 있을까 싶어서 그에게 보낸 것이었다.

규현의 요청에 칠흑팔검은 프롤로그를 자세하게 읽었다.

규현이 보낸 프롤로그를 2번 정도 더 읽은 뒤에야 그는 노트북 모니터에서 눈을 떼고 규현을 보며 입을 열었다.

"자세히 읽어보니까 단점이 몇 개 보이는 것 같습니다."

칠흑팔검의 말에 규현의 눈이 반짝였다.

규현에 비해 장르 문학계에 몸담은 시간이 긴 작가답게 칠흑팔검은 어렵지 않게 고칠 점을 찾아낸 것 같았다.

"준비되었습니다. 고쳐야 할 점을 말해주세요."

"우선 프롤로그는 분명히 재밌었지만 너무 난잡해요."

"난잡하다는 말인가요?"

규현이 확인하듯 묻자 칠흑팔검은 고개를 끄덕였다.

"너무 많은 세력이 프롤로그에 모습을 드러냈습니다. 그러면서 전개 속도는 빨라요. 느린 것보단 낫지만 많은 설정이 한 번에 등장했을 때 전개 속도마저 빠르다면 독자들은 혼란스러워할 수도 있습니다."

"그렇군요."

규현은 고개를 끄덕이며 긍정했다.

방금 칠흑팔검이 말한 단점은 규현도 이미 알고 있는 부분이었다.

"그리고 양아치 말투, 이 부분은 고치세요. 리얼리티를 살리려고 쓰신 것 같은데… 예전에는 용납되는 분위기였는데, 요즘에는 호불호가 극심하게 갈려요. 자제하시는 게 좋을 것 같습니다."

"네."

칠흑팔검의 말을 들으면서 규현은 실시간으로 프롤로그를 고쳤다.

노트북 키보드를 빠르게 두드리는 규현을 보며 칠흑팔검은 자신이 파악한 단점들을 하나씩 꺼냈다. 규현이 알고 있었던 것도 있었지만 미처 파악하지 못했던 것도 있었다. 칠흑팔검의 감평은 확실히 도움이 되었다.

'구매 수가 조금 올랐네.'

규현은 칠흑팔검이 말해준 단점을 모두 고친 후 다시 스탯을 확인했다.

종합 등급은 그대로였지만 구매 수가 조금 오른 것을 확인할 수 있었다.

'조금만… 조금만 더 올리면……!'

예상 구매 수를 확인한 규현은 크게 고무되었다.

조금만 더 올리면 종합 등급 S급 판정을 받을 수 있는 궤

도에 진입할 수 있었다.

규현은 한결 밝아진 얼굴로 노트북 키보드를 두드리기 시작했다. 시험 삼아 5화까지 써봤는데 예상 구매 수는 더 이상 오르지 않았다.

"지금 작품도 충분히 괜찮다고 생각됩니다. 최후의 흑마법사만큼 프롤로그에 흡입력이 있는 건 아니었지만 다른 작품들과 비교하면 정말 재밌었습니다."

"조금만 더 생각해 보려고 합니다."

칠흑팔검은 충분히 재밌었다면서 비축분을 만들 것을 조언했지만 규현은 쉽게 결정을 내리지 못했다. 지금 그는 갈등하고 있었다.

현재의 A급 작품에 만족하고 비축분을 만들어서 안정적으로 갈 것인지 아니면 S급 작품에 도전할 것인지를 두고 고민하고 있었다.

규현의 능력을 모르는 사무실 직원들과 작가들은 현재 작품으로 만족하자고 말하고 있었지만 규현은 쉽게 만족할 수 없었다.

거듭 조언을 받으면서 희미하게만 느껴졌던 벽의 윤곽이 잡혔고 마침내 선명하게 보이고 있었다.

선명하게 모습을 드러낸 벽은 조금만 노력하면 넘을 수 있을 것 같은 높이였다.

그래서 더더욱 포기할 수 없었다.

"잠깐 외출하겠습니다."

고민에 고민을 거듭하던 규현은 결국 자리를 박차고 일어나 머리를 식히기 위해 사무실 밖으로 나왔다. 날씨는 슬슬 더워지고 있었기 때문에 그는 야외에 있는 것보단 실내에서 시간을 보내기로 결정했다.

생각을 끝마친 그는 차를 이용해 지은의 회사 근처로 향했다.

이유는 알 수 없지만 그녀를 보면 마음이 안정되는 듯 편했기 때문에 머리도 식힐 겸 얼굴이나 한번 보려는 것이었다.

그녀의 회사 근처 카페에 도착한 규현은 스마트폰을 들어올려 지은에게 전화를 걸었다.

―여보세요?

지은이 밝은 목소리로 규현의 전화를 받았다.

"통화 가능해?"

―네.

"혹시 지금 시간 있어? 마침 근처 지나고 있었는데 네 생각이 나서……."

―오, 오빠가 제 생각을요……?

규현의 말에 지은이 격정적으로 반응했다.

거친 숨소리가 들리는 듯하고, 다시 진정된 그녀의 목소리가 들려왔다.

—지금 어디세요?

"회사 건물 바로 앞에 있는 카페야. 어딘지 알고 있지?"

—네, 지금 바로 갈게요.

얼마 지나지 않아서 카페 안에 지은이 모습을 드러냈다. 그녀는 규현을 발견하고는 반가운 표정으로 달려왔다. 그리고 규현의 앞에 앉았다.

그녀의 얼굴을 보니 과부하가 걸렸던 뇌가 조금은 진정되는 것 같았다. 두 사람은 서로의 안부를 물었고, 안부를 묻다 보니 규현은 자신이 처한 상황에 대해 그녀에게 설명하게 되었다.

"오빠, 많이 힘들겠어요."

"응, 조금 힘들어."

지은의 말에 규현은 쓸쓸한 미소를 지으며 커피를 한 모금 마셨다.

그런 그를 보며 지은도 방금 가져온 커피를 한 모금 마셨다.

"제가 오빠 소설을 많이 읽어봤다는 거 아시죠?"

"물론이지. 우리 처음 만난 곳이 사인회였잖아."

지은의 말에 규현은 미소를 지었다. 그녀가 자신의 팬이라는 사실은 잘 알고 있었다.

"다른 장르 문학들과 차별화를 해보는 게 어떨까요?"

"차별화라면 어떤 걸 말하는 거야?"

고민 끝에 지은이 입을 열었고 규현은 그녀의 의견에 귀를 기울였다.

그녀는 장르 문학을 꽤 오래 읽어온 독자였다. 그녀의 의견은 충분히 참고할 만했다.

"디테일을 살려보는 거죠."

"디테일?"

"판타지 소설이라면 고증은 무시하는 게 대부분이잖아요. 그러니까 고증과 디테일을 살려보는 게 어떨까요?"

"나쁘진 않다고 생각해."

판타지 소설의 배경은 근본적으로 중세다. 하지만 고증과 디테일을 살린 소설은 많지 않았다.

규현의 작품은 재미는 충분했다. 적어도 칠흑팔검과 규현은 그렇게 생각했다.

그렇다면 재미를 반감시키지 않는 선에서 고증과 디테일을 살린다면? 어쩌면 스탯에 긍정적인 변화가 있을 가능성이 높았다.

"지은아, 정말 고마워. 나 먼저 가볼게."

"네, 다음에 또 놀러 오세요!"

일어서서 손을 흔드는 지은을 뒤로한 채 규현은 카페를 나왔다. 그리고 바로 사무실로 돌아갔다.

"일찍 오셨네요?"

서류를 정리하고 있던 하은이 규현을 보며 말했다. 그는 의자에 앉아 노트북 전원을 켜고 중세 검술 동호회를 검색해서 가입했다.

그리고 카페를 한참을 뒤진 끝에 회장의 전화번호를 알아내 전화를 걸었다.

—여보세요?

회의실에서 전화를 걸었다.

얼마 지나지 않아서 굵은 목소리의 남자가 전화를 받았다.

"중세 검술 동호회의 회장 한기우 씨 되시나요?"

—네, 그렇습니다만…….

"과외도 하신다고 들었습니다. 중세 검술에 대해 속성으로 배우고 싶습니다."

—가능하지만… 속성으로 배우시려면 꽤나 힘들 겁니다.

"각오는 되어 있습니다. 당장 오늘부터 하고 싶은데 시간 되십니까?"

규현은 각오를 다졌다. 어떤 험난한 시련이라도 헤쳐 나갈 자신이 있었다.

―좋습니다. 하지만 저도 일이 있기 때문에 오늘은 무리고 주말에 뵙죠. 시간과 장소는 제가 연락을 드리겠습니다.

"감사합니다."

전화 통화가 끝났다.

규현은 회의실에서 나와 책상에 앉았다. 그리고 노트북을 열었다.

그리고 인터넷 서점에 들어가 중세에 관련된 모든 책을 주문했다. 책이 12권이었고 이북이 20권이었다. 총 32권의 책을 결제한 규현은 인터넷을 껐다.

이제 기다리는 일만 남았다.

책이 올 때까지 기다리고만 있을 수는 없었다. 그래서 규현은 퇴근한 후 오피스텔에서 중세와 관련된 전자책을 읽었다.

옆에는 노트북을 켜두고 중요한 내용을 정리해 가면서 꼼꼼히 읽어 내려갔다.

다음 날, 택배를 통해 주문한 책이 도착했고, 규현은 사무실에 출근할 때마다 책을 가져가 읽었다. 최후의 흑마법사의 게임 제작에 관련된 일 등을 제외하면 독서하는 시간이 압도적으로 많았다.

"오늘은 일찍 들어가겠습니다. 다들 수고하세요."

금요일 저녁, 칠흑팔검은 평소와 비교해 이른 시간에 퇴근했다.

작가들과 칠흑팔검은 일찍 퇴근했지만 오히려 다른 직원들은 늦게까지 사무실을 지켰다.

특히 일도와 하은은 9시가 넘어서 규현과 함께 퇴근했다. 집에 도착한 규현은 새벽 1시까지 책을 읽다가 저도 모르게 잠들어 버렸다.

기우와 만나기로 한 토요일의 아침이 밝았다. 지난번 통화를 했을 때 기우는 토요일에 간편한 복장으로 오라고 했기 때문에 규현은 정말 간편한 복장으로 약속 장소로 향했다.

약속 장소는 어느 한강 다리 밑이었다.

"정규현 씨?"

주변을 두리번거리자 멀리서 건장한 체격의 남자가 다가왔다. 규현의 이름을 알고 있는 것으로 보아 한기우인 듯했다.

"네, 한기우 회장님이신가요?"

"그렇습니다."

규현의 물음에 기우는 고개를 끄덕였다. 예상대로였다.

"이쪽으로 오시죠."

기우는 규현을 넓은 공터로 안내했다. 그곳에는 철제 흉갑과 방패, 그리고 기묘한 목검이 놓여 있었다.

목검은 흔히 볼 수 있는 것과는 달랐고 철제 흉갑과 방패도 좀처럼 쉽게 볼 수 없는 것이라 규현은 조금 놀랐다.

"조금 놀라신 것 같네요."

"네. 아무래도 철제 흉갑은 영화 속에서나 봤어요. 실제로 보는 건 처음이에요."

"생각보다 구하기 쉽습니다. 20만 원 정도면 구할 수 있어요. 물론 국내에서 사는 건 거품이 너무 붙어 있기 때문에 저는 주로 해외 구매 대행을 이용하고 있습니다."

기우가 설명했다.

"세관 같은 곳에 걸리지 않는 건가요?"

"걸리는 경우도 있지만 아무래도 도검류가 아니다 보니 많이 엄격한 건 아닌 것 같더라구요."

"그렇군요. 그런데 목검이 조금 특이하게 생겼네요."

규현이 검지로 목검을 가리켰다. 보통의 목검과는 다르게 중세의 장검 모양을 하고 있었다.

"네. 콜드 스틸이라는 회사에서 나온 훈련용 장검입니다. 이건 양손 검이고, 이건 한 손 검이죠."

기우는 설명과 함께 차이를 보여주기 위해 양손 검과 한손 검을 번갈아 들어 올렸다.

예전이라면 몰랐겠지만 이북을 포함한 중세 관련 서적 32권을 수차례나 정독한 덕분에 어느 정도 차이점을 알 수 있었다.

사실 판타지 소설이나 중세 배경 영화에 조금만 관심이 있다면 알 수 있을 정도로 둘의 차이점은 명확했다.

"일단은 중세 검술에 대해서 얼마나 알고 있는지 알아야 하니까, 이 한 손 검이나 양손 검을 드시고 흉갑을 입어주세요."

규현은 말없이 흉갑을 입었다.

관련 책을 읽어서 흉갑을 입는 법에 대해선 대충 알고 있었지만 생각보다 무거워서 입는 게 쉽지는 않았다.

흉갑을 입은 그는 양손 검을 들어 올렸다.

기우도 이미 무장을 끝마친 상태였다.

그는 편한 자세로 양손 검의 끝을 바닥에 향하고 있었고 규현은 말없이 책에서 본 자세를 흉내 냈다.

"기본적인 지식은 가지고 계신 것 같습니다?"

기우는 그렇게 말하며 자세를 잡았다. 동시에 빠르게 보법을 밟아 규현과의 거리를 좁혔다. 규현은 기우의 움직임을 눈치채고 뒤늦게 검을 휘둘렀다.

자세는 책에서 봤기 때문에 그럭저럭 괜찮았지만 기본이 갖춰져 있지 않은 상태에서 검을 휘두르니까 자세는 무너졌고 기우는 그 틈을 파고들었다.

"윽!"

기우는 순식간에 규현의 옆을 스쳐 지나갔다.

흉갑에서 요란한 소리가 들리는 것과 동시에 강렬한 충격이 느껴졌다.

그는 충격을 이겨내지 못했다. 양손 검을 놓치고 쓰러지고 말았다.

온몸을 짓누르는 흉갑이 무거웠지만 규현은 간신히 몸을 일으킬 수 있었다.

"제 손을 잡으시죠."

멍하니 앉아 있는 규현에게 기우는 손을 내밀었다. 규현은 그의 손을 잡고 다시 일어섰다. 그는 두 눈을 날카롭게 빛내며 기우를 보았다.

"방금 그거 중세 검술 아니잖아요. 검도? 그쪽 기술인 것 같은데……."

"정확히 보셨네요. 열심히 공부하신 것 같습니다. 기본자세를 알고 계시길래 한번 테스트를 해보고 싶었습니다. 불쾌하셨다면 사과드리죠."

"불쾌하진 않습니다."

"이론은 확실하신 것 같으니… 이론은 생략하고 실전부터 가시죠."

기우는 입가에 미소를 그렸다.

이날 규현은 한 손 검과 양손 검을 다루는 방법을 배운 뒤, 오피스텔로 돌아갔다.

규현은 책을 많이 읽어서 이론을 마스터한 상태였기 때문에 기우는 실전 위주로 진행했다.

덕분에 몸은 피곤했지만 많은 것을 깨달을 수 있었다.

새삼스럽지만 판타지 소설에서의 검술 묘사가 얼마나 말도 안 되는지 다시 한번 깨달았다.

다음 날, 또다시 규현은 토요일에 기우를 만났던 곳으로 향했다. 예상대로 그곳에선 기우가 규현을 기다리고 있었다.

"오셨군요."

기우는 철제 흉갑을 입고 있었다. 주변에 지나다니는 사람이 거의 없어서 그런지 그를 이상한 눈으로 보는 사람은 없었다.

규현도 짐을 대충 정리한 뒤, 철제 흉갑을 입었다. 기우는 갑옷을 입은 상태에서 대련을 하는 실전 검술 형태를 주로 연마했기 때문에 모든 수련에 있어서 갑옷을 입고 진행했다.

흔히 말하는 도장 검술이라는 형식의 검술도 있었지만 규현은 실전 검술을 배우는 것을 희망했다.

"그럼 시작하겠습니다."

점심시간 조금 지나서 시작된 수련은 저녁 시간까지 계속

되었다.

날씨가 무더운데 몸을 거칠게 움직이니 두 사람은 금세 땀으로 흠뻑 젖어서 지쳐 버렸다.

잠시 휴식 시간을 가진 기우와 규현은 수건으로 대충 땀을 닦았다.

기우는 땀에 젖은 수건과 장비들을 챙겨서 트럭에 실었고 규현도 그를 도와 장비를 옮겼다.

두 사람분의 장비였지만 기본 무게도 있고 규현은 운동을 많이 하는 스타일이 아니었기 때문에 그건 제법 무거웠다.

"후우, 기본 지식이 있어서 그런지 스펀지처럼 흡수하시고 계시네요. 이론 수업을 생략하니까 진행도 빠릅니다. 다음 주면 대련해도 될 것 같습니다."

기우는 입가에 미소를 머금은 채 말했다. 규현의 빠른 성장이 만족스러운 것 같았다.

"감사합니다."

"근처에 제가 운영하는 일식집이 있습니다. 식사하시고 가시죠."

규현은 기우와 함께 그가 운영하는 일식집에서 저녁을 먹으며 여러 이야기를 나누었다.

약 2시간 동안 중세 검술에 대해 깊은 이야기를 나누고 나니 검술에 대한 이해도가 더 깊어진 느낌이었다.

오피스텔로 돌아온 규현은 그동안 조사한 것을 문서 파일에 정리한 뒤 침대로 몸을 던졌다. 그가 마지막으로 시계를 확인했을 때 시간은 자정이었다.

43장

귀환 영웅 II

"으악!"

월요일, 사무실에 출근하기 위해 아침 일찍 눈을 뜬 규현은 침대에서 일어나려다 생각지 못한 고통에 비명을 지르고 말았다.

토요일에 갑작스럽게 운동한 탓에 일요일에 근육이 조금 뭉쳐 있었다.

그런데 뭉친 근육을 제대로 풀어주지도 않고 일요일에 더욱 격한 운동을 했던 게 화근인 것 같았다.

"세상에… 이렇게 아픈 건 처음이야."

규현이 혼잣말을 중얼거렸다. 움직일 때마다 몸이 비명을 질렀지만 어떻게든 출근하는 데 성공했다.

"안녕하세요. 오늘은 조금 늦으셨네요?"

근육통 때문에 출근 준비가 늦어져서 평소보다 늦은 시간에 사무실에 도착하자 상현이 고개를 살짝 숙여 인사하며 말했다.

"조금 피곤해서 늦게 일어나 버렸어."

규현은 그렇게 대답하며 사무실 안을 살폈다. 평소 직원 중에서는 늦게 출근하는 것으로 유명한 일도가 앉아서 열심히 일하고 있었다.

그 모습을 보니 평소보다 늦게 출근했다는 것을 실감할 수 있었다.

출퇴근이 자유로운 작가들 같은 경우엔 일도보다 늦게 출근하는 사람들도 있었지만, 직원들 중에서는 일도가 가장 늦게 출근하는 편이었다.

스마트폰을 확인하니 시간도 9시 30분을 넘어가고 있었다.

"커피 한 잔 타드릴까요?"

"아, 좋죠. 부탁드립니다."

칠흑팔검의 제안에 규현은 혼쾌히 고개를 끄덕였다. 이윽고 칠흑팔검이 의자에서 일어나 탕비실로 향했고 규현은 책상 앞에 앉아서 노트북을 꺼내 전원을 켰다.

"피곤해 보이시는데, 뭔가 1시간에 5천 자씩 쭉쭉 써 내려갈 것만 같은 눈빛이시네요. 뭔가 깨달은 거라도 있으세요?"

칠흑팔검은 규현의 책상 위에 커피를 내려놓으며 미소와 함께 말했다. 그가 보기에 오늘 규현의 눈동자는 유난히 빛나고 있었다.

규현은 칠흑팔검이 책상 위에 올려놓은 커피 잔을 입가로 가져갔다. 기분 좋은 커피 향이 느껴졌다.

"특별한 건 아니고요. 그냥 철저하게 고증을 살릴 자신이 생겼어요."

"파이팅입니다."

"감사합니다."

칠흑팔검이 자리로 돌아가고 규현은 프롤로그를 완전히 날리고 다시 쓰기 시작했다. 세계관과 설정, 그리고 시놉시스가 있었기 때문에 프롤로그를 완성하는 데 긴 시간이 걸리지 않았다.

프롤로그를 완성한 규현은 문학 왕국에 올려서 스탯을 확인했다.

'이건 너무 낮아.'

스탯이 큰 폭으로 격하된 것을 확인할 수 있었다.

확실한 원인은 알 수 없었지만 아무래도 고증을 너무 리얼하게 살려서 판타지 소설 특유의 재미를 살리지 못한 게 화근인 것 같았다.

나름 조절했지만 실패한 것 같았다.

"칠흑팔검 작가님, 제 프롤로그 좀 읽어주시겠어요?"

"메일로 보내주세요."

규현은 칠흑팔검에게 프롤로그를 메일로 보냈고 칠흑팔검은 확인했다.

"고증을 너무 살린 것 같습니다. 그리고 기사들 갑옷을 너무 쓸데없이 자세히 설명하셨어요."

"그러고 보니 그런 것 같네요."

칠흑팔검의 말을 규현은 인정했다.

중세 관련 서적에서 얻은 정보를 독자들과 공유하고 싶은 마음에 자세하게 설명해 버린 것이다. 웹 소설에 많은 설명을 넣는 것은 좋지 않았다. 설명은 최대한 간결하게 하는 것이 좋았다.

"일단 고쳐봐야겠습니다."

칠흑팔검의 조언으로 지나친 설명 등 고칠 점을 파악한 규현은 프롤로그를 다시 고쳤다.

하루 종일 프롤로그를 고친 끝에 규현은 괜찮은 스탯을 가진 프롤로그 하나를 써낼 수 있었다.

고증과 디테일을 살려 색다른 맛을 주면서 설명을 과하지 않고 적절하게 가미했다.

하지만 그럼에도 불구하고 종합 등급 S급 판정을 받진 못했다.

"대표님, 슬슬 퇴근하셔야죠."

칠흑팔검이 말했다.

주변을 둘러보니 이미 직원들과 작가들은 모두 퇴근한 상태였고 꽤 늦은 시간이었다.

"네. 저도 슬슬 퇴근해야겠네요. 먼저 퇴근하세요. 제가 뒷정리를 하고 가겠습니다."

"네."

칠흑팔검이 먼저 퇴근했고 규현은 뒷정리를 끝낸 뒤에야 퇴근하여 오피스텔로 향했다.

오피스텔로 돌아오니 꽤 늦은 시간이었다. 하지만 시간이 많이 남지 않았기 때문에 규현은 노트북을 켜고 프롤로그를 고쳤다. 여러 번 고친 끝에 꽤 괜찮은 스탯을 확인할 수 있었다.

전투 장면이 아쉽긴 했지만 다시 토요일이 돌아올 때까지 규현은 계속 고치는 것을 반복했다.

그리고 토요일이 되었을 때 대련을 경험한 그는 완벽하진 않지만 상대와 검을 마주할 때 느낄 수 있는 여러 감정을

느낄 수 있었고 그것은 전투 장면을 묘사하는 데 큰 도움이
되었다.

대련을 끝내고 오피스텔로 돌아온 규현은 지친 몸으로 프
롤로그를 완성시켰다. 그리고 스탯을 확인했다.

"됐다!"

스탯을 확인한 규현은 자신도 모르게 소리를 지르고 말
았다.

만족스러운 결과를 확인한 그는 쓰러지듯 침대에 몸을
던졌다.

"형, 북페이지에서 정현도 작가와 김상균 작가의 신작을
공개했어요."

"정현도 작가의 신작은 검은 새벽의 네크로맨서의 2부 격
인 황혼의 네크로맨서입니다. 그리고 김상균 작가의 신작도
검은 용 기사단 2부입니다."

상현과 석규가 차례대로 보고했다. 규현은 그들의 보고를
들으며 북페이지에 접속했다. 사이트에 접속하자마자 눈에
가장 잘 보이는 곳에 황혼의 네크로맨서와 검은 용 기사단
의 배너가 걸려 있었다.

"예상은 했지만 2부를 연재하는군요."

규현이 혼잣말을 중얼거렸다. 하지만 그의 시선을 칠흑팔

검에게 향하고 있었다.

"아무래도 2부를 연재하는 게 기존의 독자들을 안정적으로 끌고 올 수 있으니까요. 북페이지에서도 도박하긴 싫었을 겁니다."

칠흑팔검의 말대로 전작이 있는 작가들의 경우엔 새로운 작품을 집필하는 것보다 전작의 2부를 집필하는 게 기존의 독자들을 가장 많이 끌어올 수 있었다.

검은 용 기사단과 검은 새벽의 네크로맨서 같은 경우엔 꽤 흥행한 작품들이었기 때문에 애독자들의 수가 많았다.

2부가 연재되었다는 소식은 곧 사람들에게 퍼질 것이고 기존의 독자들을 불러올 것이다.

"형, 저희도 시간이 얼마 남지 않았어요. 원고는 준비하고 계신 거죠?"

규현의 신작이 공개되기까지 3일 정도밖에 남아 있지 않았다.

게다가 공개가 되면 겨우 한 편만 연재할 수는 없었다. 최소 한 권의 분량을 미리 풀어야만 했는데 그러기 위해서 3일 후까지 최소 한 권 분량의 원고를 확보해야만 했다.

"걱정하지 마. 지금 이 원고를 최우선적으로 작업하고 있으니까… 내일까지는 분량을 확보할 수 있어."

규현이 장담했다. 지금 그는 다른 작업들을 잠시 미뤄두고 귀환 영웅 원고를 최우선적으로 작업하고 있었다.

이미 원고는 절반 이상을 쓴 상태였다.

이대로라면 내일 오후에 한 권 분량을 완성할 수 있을 것 같았다.

"후아, 그거 다행이네요. 표지는 이미 준비되어 있으니까, 형이 원고만 건네주시면 돼요. 그럼 바로 배너에 올릴 수 있도록 준비하겠습니다."

규현의 말에 상현은 안도의 한숨을 내쉬며 말했다. 표지는 일찍이 외주 업체에 의뢰했었고 결과물이 나온 지 꽤 되었다.

이제 규현이 원고를 보내주기만 하면 바로 등록할 생각이었다.

"최대한 빨리 보내줄 테니까, 걱정하지 마."

규현은 약속대로 다음 날 늦은 오후에 한 권 분량의 원고를 편집팀에 전달했다.

규현에게서 원고를 전달받기 무섭게 상현은 연재 예약에 원고를 등록했다. 그리고 마침내 그날이 찾아왔고 경쟁이 시작되었다.

독자들의 지갑에 들어 있는 돈은 한정되어 있기 때문에 달콤한 향기로 그들을 유혹해야만 했다.

북페이지에서는 정현도 작가와 김상균 작가라는 한국 최

고의 작가 2명의 신작을 내세웠고 가람북에서는 세계적인 작가로 떠오르고 있는 규현을 앞세웠다.

양측 모두 충분한 광고로 이벤트가 진행되고 있다는 사실을 사람들에게 충분히 어필한 상황이었다.

원래부터 인지도가 높았던 북페이지가 조금 우위에 있다고 볼 수도 있겠지만 TV 및 인터넷 광고 등으로 인지도를 단기간 내에 높인 가람북 또한 마냥 불리하다고만 볼 수는 없었다.

"보고서입니다."

가람으로 넘어오면서 경영지원팀장 직함을 얻게 된 하은이 8월 1일의 매출 등이 정리된 보고서를 들고 규현의 책상 앞에 섰다.

규현은 마른침을 삼켰다. 긴장되는 순간이었다.

"제가 브리핑하는 것보다 직접 읽어보시는 게 좋을 것 같다고 생각되어서 이렇게 뽑아 왔습니다."

하은은 보고서를 규현에게 건넸다. 규현은 그것을 받아 들면서 조심스럽게 눈을 감았다. 그리고 쉽게 눈을 뜨지 못했다.

북페이지가 갑작스럽게 사실상 전면전을 선포하면서 다급하게 이벤트를 기획했다.

그리고 이벤트를 널리 알리기 위해 광고에 많은 투자를

했다.

그래서 기본적으로 안정적이었던 가람이 광고비를 지출하느라 조금 흔들리는 모습을 보이기까지 했다.

"빨리 읽으시는 게 마음도 편하실 겁니다. 그리고 다들 궁금해하는 것 같기도 하고요."

하은이 말했다.

눈을 살짝 떠서 주변을 둘러보니 하은의 말대로 사무실의 작가들과 직원들이 궁금해 미치겠다는 얼굴로 규현에게 시선을 모으고 있었다.

규현은 용기를 쥐어짜서 시선을 내려 보고서를 확인했다.

"매출은 2배 정도 증가했군."

매출은 2배 정도 증가했다. 2배면 분명 많이 증가한 것으로 볼 수도 있지만 규현의 목소리는 건조했다.

가람북의 매출은 북페이지와 나이버 스토어 등의 대기업급 이북 플랫폼과의 경쟁 때문에 많이 줄어든 상태였기 때문에 2배가 증가했어도 그렇게 많은 수준이 아니었다.

물론 그럼에도 불구하고 2배 증가는 충분히 고무될 만한 보고였다.

다른 신생 이북 플랫폼들은 이미 적자로 인해 문을 닫았고 비교적 규모가 작은 이북 플랫폼들도 적자 때문에 간신히 연명하고 있었다.

"네, 매출의 증가 폭은 크지 않았습니다. 하지만 보시면 아시겠지만 신규 가입한 이용자의 수가 아주 많습니다."

"다행이네요. 매출 증가 폭이 크지 않아서 조금 걱정했는데… 신규 가입 이용자가 많으면 매출은 큰 폭으로 증가할 것 같군요."

하은의 말에 규현은 보고서를 읽어 내려갔다.

그녀의 말대로 신규 가입 이용자의 수가 상당히 많은 것을 확인할 수 있었다.

"지금 귀환 영웅이 무료로 공개되고 있는 중이라서 유입에 비해 매출의 증가 폭이 낮은 것입니다. 유입된 신규 가입 이용자들 대부분이 귀환 영웅을 보고 온 거니까요. 이제 중요한 것은 그들이 가람북의 다른 작품들에도 관심을 가지게 하는 것입니다."

신규 유입이 많다는 건 분명 좋은 징조였다.

다만, 그들의 목표인 귀환 영웅이 현재 무료 분량만 공개 중이었기 때문에 매출 증가 폭이 비교적 적은 편이었다.

하은의 말대로 이제 가람북의 목표는 신규 가입한 이용자들이 이탈하지 않게 하면서 가람북의 다른 작품들에도 관심을 가지게 하는 것이다.

"칠흑팔검 작가님."

규현은 보고서를 서랍에 넣으며 칠흑팔검을 불렀다.

열심히 뭔가를 읽고 있던 칠흑팔검이 의자를 회전시켜 몸을 규현 쪽으로 돌렸다.

"네, 대표님."

"인기작 몇 개만 뽑아서 이벤트 기획하세요."

신규 가입 이용자들에게 가람의 재밌는 작품들을 노출시켜서 가람북에 정착하게 만들 생각이었다.

칠흑팔검은 고개를 끄덕이며 즉시 이벤트 기획에 서둘렀다.

"하은 씨는 이벤트 기획서가 올라오면 바로 진행할 수 있도록 준비해 주세요. 그리고 웹 사이트 관리 업체에 연락해서 이벤트 내용을 배너에 올릴 수 있도록 하세요."

규현은 하은에게 지시를 내린 후, 귀환 영웅을 쓰기 위해 노트북 키보드 위에 손을 얹었다.

그의 두 눈이 빛나고 손이 빠른 속도로 움직이기 시작했다.

규현이 열심히 글을 쓰고 있을 때, 인터넷은 비슷한 시기에 3명의 유명 작가가 신작을 발표한 것으로 인해 뜨겁게 달아오르고 있었다.

(북페이지 VS 가람북, 싸움은 시작되었다!)

〈정규현 작가의 가람북, 마침내 날카로운 검을 뽑아 들다!〉

나이버에는 북페이지와 가람북의 경쟁과 관련된 게시글이 블로그와 카페를 포함해 하루에도 수백 개씩 쏟아져 나왔다.

장르 문학에 관심이 많은 독자만으로 가능한 화력이 아니었다. 일반인들 또한 북페이지와 가람북의 싸움에 관심을 가지고 있었다.

북페이지와 가람북에서 내세운 작가들이 평범한 장르 문학 작가였다면 일반인들의 관심도 크게 끌지 못했을 테지만, 두 곳에서 내세운 작가들은 모두 대중적으로 유명했기 때문에 모두의 이목을 집중시킬 수 있었다.

[북페이지와 가람북, 누가 이길까요?]

한 인터넷 커뮤니티에 올라온 게시글 제목이었다.

이 게시글은 얼마 지나지 않아서 엄청난 주목을 받게 되었다.

커뮤니티 이용자들은 북페이지와 가람북 중에서 누가 이길지 시뮬레이션을 돌리며 토론에 열띤 기세로 참여했다.

[침략함대: 북페이지가 이길 것 같습니다. 정규현 작가가 한국에서 정점을 찍지 않고 해외로 눈을 돌린 이유가 뭐라고 생각하십니까? 바로 정현도 작가와 김상균 작가가 있기 때문입니다!]

[은하사령부: 침략함대 님 말이 조금 우습게 들리네요. 저는 정규현 작가님이 충분히 정점을 찍으셨다고 생각합니다만…….]

[댓글알바19호: 북페이지 전투력 10. 가람북 전투력 8. 북페이지의 승리.]

소수를 제외한 대부분의 커뮤니티 이용자들은 가람북의 패배, 그리고 북페이지의 승리를 점쳤다. 그러나 상황은 그들의 예상과 다르게 흘러갔다.

＊ ＊ ＊

"대표님!"

이벤트를 시작하고 며칠의 시간이 흘렀다.

회의가 끝나고 늦은 시간, 작가들은 이미 칠흑팔검을 제외하면 모두 퇴근했고, 남은 직원들도 퇴근 준비를 서두르고 있었다.

그때 잠시 담배를 피우러 간 편집자 강석규가 다급하게 사무실로 달려 들어왔다.

방금 전까지 담배를 피우다 와서 그런지 담배 냄새가 강하게 풍겼다.

"대표님, 잠깐 이것 좀 보시겠습니까?"

석규는 스마트폰을 몇 번 터치하더니 규현에게 건넸다.

석규에게서 스마트폰을 받아 든 규현은 화면으로 시선을 옮겼다. 나이버 메인 화면이 보였다.

"검색어 순위를 보세요."

순위를 확인했다. 가람북과 북페이지 이름이 순위에 올라가 있었다.

최근 두 회사가 격돌하면서 인터넷은 제법 뜨겁게 달아올랐다.

매일 나이버 실시간 검색 순위에 심심찮게 오르고 있었고 이로 인한 유입도 무시하지 못할 정도였다.

실시간 검색 순위에 오르면 호기심에 검색해 보는 사람들이 많으니까.

"평소와 비슷하잖아요."

규현이 말했다.

평소처럼 북페이지와 가람북이 실시간 검색 순위에 올라가 있었다. 그의 반응에 석규는 조금 답답한 표정으로 입을 열었다.

"'순위'를 확인해 보세요! '순위' 말입니다!"

석규가 순위를 강조했다.

규현은 다시 스마트폰 화면으로 시선을 옮겨 순위를 확인했다.

[6위: 가람북]

[7위: 정규현]

[8위: 북페이지]

규현은 놀랄 수밖에 없었고 그의 눈동자가 지진이라도 난 것처럼 흔들렸다.

최근 며칠 동안 북페이지와 가람북이 나이버 실시간 검색 순위에 계속해서 올랐지만 절대적이고 변하지 않는 게 하나 있었다.

바로 북페이지는 언제나 가람북보다 실시간 검색 순위가 높다는 것이었고 가람북의 실시간 검색 순위는 20위 안에 간신히 들었다는 것이었다. 그런데 이번에는 가람북의 순위가 더 높았다.

"이거… 언제부터 이랬죠?"

규현은 석규에게 스마트폰을 돌려주며 물었다.

"저도 방금 확인해서 잘 모르겠습니다."

규현은 등록한 이벤트가 정상적으로 노출되고 있는 것인지 확인하기 위해 서둘러 노트북으로 가람북 홈페이지에 접속했다.

모든 이벤트가 정상적으로 노출되고 있었다. 하지만 만족스럽지 않았다.

"상현아, 내가 지금 메일 하나를 보내줄게. 메일에 적혀 있는 작품들 메인에 노출시켜 달라고 웹 사이트 관리 업체에 요청해."

"네!"

상현이 대답했고 규현은 서둘러 작품 목록을 작성해서 그에게 메일로 보냈다.

상현에게 메일로 보낸 작품 목록은 가람에서 가장 입문하기 쉬운 작품들이었다.

실시간 검색 순위 상위에 기록되었으니 유입이 상당히 많이 증가했을 것이다.

그들을 정착시켜야만 했다.

20위권은 2페이지에 노출되지만 10위권은 1페이지에 노출된다.

이것은 엄청난 차이였기 때문에 규현은 조금 기대해 보기로 했다.

                    *   *   *

"유 팀장님, 그리고 설 팀장님, 정 실장님이 찾으십니다."

"드디어 올 것이 왔군."

"어, 어떻게 하죠?"

기획팀과 편집팀의 직원들이 몰려 있는 곳으로 안경을 쓴 여직원이 다가와 편집기획실장 정도윤이 찾는다는 사실을 기획팀장과 편집팀장에게 전달했다.

기획팀장 유상혁은 이 일을 예상했는지 차분한 목소리로 혼잣말을 중얼거리며 의자에서 일어났지만 편집팀장 설하연은 발을 동동 구르며 초조해했다.

30대 초반이지만 동안에다가 키도 작은 그녀가 발을 동동 구르는 모습은 제법 귀여웠다.

"설 팀장님, 어서 가시죠."

"네……."

상혁은 심호흡을 한 번 하고는 하연을 데리고 편집기획실 장실 앞으로 발걸음을 옮겼다.

"들어오세요."

편집기획실장실 앞에 도착한 상혁이 가볍게 노크하자, 안에서 들어오라는 편집기획실장 정도윤의 목소리가 희미하게 들려왔다.

상혁은 천천히 문을 열었다.

"히익."

상혁의 뒤에서 문틈 사이로 내부를 엿본 하연이 질색했다. 그녀가 문틈 사이로 엿본 실장실은 온갖 마이너스적인 에너지로 가득했다.

하연의 눈동자가 지진이라도 난 것처럼 흔들렸다.

"일단 들어가시죠."

상혁의 재촉에 하연은 간신히 발걸음을 옮겨 실장실 안으로 들어갔다. 그리고 상혁이 따라 들어왔다.

"누가 앉으라고 했어요?"

"죄, 죄송합니다."

실장실에 들어온 그녀는 본능적으로 앉을 곳을 찾았다. 그러다 도윤에게서 날카로운 지적을 들어야만 했다.

그의 지적을 받은 하연은 책상 앞에서 부동자세를 유지했다.

"제가 방금 어디에 다녀왔을까요?"

도윤이 물었다.

하연과 상혁은 입을 닫은 채 쉽게 대답하지 못했다. 지금 도윤의 기분이 좋아 보이지 않았기 때문에 신중하게 대답해야 했다.

두 사람이 말이 없자 도윤은 두 눈을 날카롭게 빛내며 입을 열었다.

"대표이사실에 다녀왔습니다. 그곳에서 무슨 이야기를 했을까요?"

"잘 모르겠습니다."

도윤의 물음에 상혁은 모른다고 대답했지만 사실 도윤과 대표이사가 무슨 이야기를 나누었을지 대충 짐작할 수 있었다.

그저 모른 척할 뿐이었다.

"쉽게 대답하지 못하겠지만 사실은 알고 있을 것이라 생각됩니다."

도윤은 머그 컵을 입가로 가져가며 말했다.

머그 컵에 담겨 있는 차갑게 식은 커피가 빠른 속도로 줄어들었다.

한 번에 커피 절반을 마신 도윤은 머그 컵을 탁, 하고 책상 위에 내려놓았다.

"가람북에 대한 이야기를 했어요."

도윤의 말에 상혁은 고개를 떨궜다. 아직 직접적인 질책은 시작되지 않았지만, 보이지 않는 바늘이 전신을 찌르는 것 같았다.

그런 상혁을 보며 도윤은 한쪽 입꼬리를 끌어 올리며 입을 열었다.

"이번에 가람북이 독점 계약을 진행하려고 했던 작품들을 선점하자는 내용이 포함된 공격적인 기획안을 올린 게 유 팀장이었죠?"

"네."

도윤의 말에 상혁은 이를 살짝 악물었다. 그리고 천천히 고개를 끄덕이며 대답했다.

"유 팀장이 책임지고 올린 기획안 때문에 대표이사님이 매우 유감스러워하고 계세요."

도윤의 말에 상혁은 이를 악물었다.

기획하고 제출한 것은 분명 상혁이었지만 그것을 승인한 사람은 도윤이었다.

그래서 그에게도 책임이 있다고 볼 수 있었는데, 그는 책임을 회피하면서 모든 것을 상혁에게 떠넘기고 있었다.

상혁은 차오르는 욕설을 애써 삼켰다. 사회생활을 하다 보면 때로는 넘어가야 할 일들이 있는 법이다.

"진행은 누가 맡았을까요?"

"기획팀과 마케팅2팀에서 맡았습니다."

"마케팅2팀이면 임태석 팀장이군요."

"예, 그렇습니다."

상혁의 대답에 도윤은 골똘히 고민하다가 입을 열었다.

"마케팅2팀이면 제가 뭐라고 할 수가 없네요. 부서가 다르니까요. 어쩔 수 없이 여러분과 진솔한 대화를 나누겠어요."

도윤은 마케팅2팀의 임태석 팀장도 불러서 한 소리 하고 싶었지만 마케팅2팀은 도윤과 부서 자체가 달랐기 때문에 뭐라고 할 수가 없었다.

대신 그는 상혁, 그리고 하연과 함께 진솔한 이야기를 나누기로 했다.

도윤의 말을 들은 상혁과 하연의 표정이 굳었다.

이건 대놓고 심술을 부리겠다는 선언이었다.

"아직 자세한 건 알 길이 없지만 여기저기서 수집한 정보에 의하면 가람북의 매출 증가 폭이 엄청나다고 하는군요. 반대로 우리 북페이지의 매출은 거의 증가하지 않았다고 봐도 좋을 정도예요. 정현도 작가와 김상균 작가의 신작으로 이벤트를 기획했으면 매출이 증가해야 하는 게 아닌가요? 이게 어떻게 된 겁니까?"

도윤이 날카로운 눈으로 상혁과 하연을 훑으며 말했다.

"면목 없습니다."

상혁이 고개를 숙였고 하연은 질책당하는 그의 모습에 떨리는 눈동자를 이리저리 굴리며 불안해했다.

"정현도 작가와 김상균 작가에게 독점으로 신작을 뽑아

내게 하려고 돈을 얼마나 많이 퍼부었는지 모르는 거예요?"

"아닙니다, 알고 있습니다."

상혁은 순종적으로 대답했지만 속으로는 욕설을 내뱉었다.

처음 기획안을 낼 때만 해도 도윤은 아주 긍정적인 태도를 보였었다. 하지만 결과가 좋지 않자 이렇게 달라진 것이다.

"그러면 일을 제대로 했어야죠. 왜 이렇게 만들어요?"

상혁은 침묵했다.

대표이사실에서 무슨 일이 있었는지는 모르겠지만 지금 도윤은 그에 대한 화풀이를 하고 있는 것 같았다.

"그리고……."

상혁에게 한참 화풀이를 하던 도윤의 시선이 하연에게 향했다.

눈동자를 불안하게 이리저리 굴리고 있던 하연은 불길한 느낌을 받고 도윤을 향해 시선을 옮겼다. 그러다가 도윤의 싸늘한 시선과 마주하게 되자 깜짝 놀라고는 시선을 아래로 내렸다.

"정현도 작가랑 김상균 작가의 집필 속도는 왜 이렇게 느린 겁니까? 정규현 작가는 거의 하루에 두 편씩 올리고 있는데, 두 분은 하루에 한 편만 올리고 있잖아요!"

"죄, 죄송합니다. 그런데 작가님들이 글을 안 쓰시는 것도 아니고, 정상적인 속도로 연재하고 계시는데, 저희가 뭐라고 할 수는 없어서요."

"재촉하란 말입니다, 재촉을! 작가들이 글을 얼마나 많이 뽑을 수 있느냐는 편집자들의 재촉에 달려 있어요!"

"죄, 최선을 다하겠습니다."

도윤의 무리한 요구에도 불구하고 하연은 그렇게 하겠다고 대답할 수밖에 없었다. 그렇게 대답하는 하연의 마음속은 엉망이었다.

현도와 상균은 갑작스럽게 신작을 집필해 달라는 북페이지의 무리한 요구에도 불구하고 매우 정상적으로 원고를 보내오고 있었다.

어느 정도 인기가 있는 작가들은 준비가 되지 않은 상태에서 신작을 쓰게 되면 부담감 때문에 마감을 어기는 경우가 심심찮게 있었다.

그래서 하연은 두 작가에게 원고를 재촉하기 힘들었다. 하연이 아니라도 웬만한 철판이 아니고서야 성실한 두 작가에게 원고를 재촉하기 힘들 것이다.

"그리고 설 팀장은 북페이지 웹 사이트도 관리하고 있죠?"

"네. 전부는 아니지만 일부분은 제가 관리하고 있어요."

북페이지의 직원 수는 그렇게 많은 편이 아니었다.

그래서 편집팀장인 하연이 웹 사이트의 일부분을 관리하고 있었다. 물론 중요한 부분은 외부 업체에서 담당하고 있었다.

"배너 위치 좀 바꿔요. 눈에 잘 안 띄잖아요."

"네, 최대한 빨리 수정할게요."

"그럼 부탁 좀 드리겠습니다."

도윤은 그렇게 말하며 머그 컵을 다시 입가로 가져가 커피를 비웠다.

잠시 열을 올렸던 도윤이 커피를 마시며 안정적인 모습을 보이자 상혁과 하연은 잔소리에서 해방될 수도 있다는 희망을 품었지만 그건 헛된 희망이었다.

도윤은 집요했다.

그는 약 1시간 동안 했던 말을 반복하면서 상혁과 하연을 괴롭혔다. 결국 두 사람은 도윤이 다시 대표이사에게 호출을 받고 나서야 해방될 수 있었다.

도윤에게서 해방된 두 사람은 건물 옥상으로 올라갔다.

사무실의 에어컨 바람이 그리울 정도로 더웠지만 뒷담화를 할 장소로 옥상만큼 좋은 곳도 없었기 때문에 견딜 수밖에 없었다.

"하연 씨, 괜찮아요?"

"네, 저는 괜찮아요. 상혁 씨가 고생을 많이 하셨죠. 저는 뭐……."

하연은 말을 마치며 고개를 푹 숙였다.

가뜩이나 자신감이 없는 그녀였는데, 오늘 도윤에게 한 소리를 듣고 나니 더욱 자신감이 없어졌다. 그런 그녀의 모습에 상혁은 안타까운 시선을 보냈다.

"그래도 오늘은 평소보다 덜한 편 아니에요?"

"네, 그렇죠. 오늘은 평소보다 덜한 편이죠."

하연의 말에 상혁은 긍정하며 고개를 끄덕였다.

도윤이 작정하고 심술을 부리면 그날 하루 종일 일을 제대로 못 할 정도로 멘탈에 손상을 입게 된다.

그걸 생각하면 오늘은 평소에 비해 심하다고는 할 수 없었다.

"그래도 로맨스가 잘나가고 있어서 그런가 봐요."

상혁이 나름대로 이유를 추측해 보았다.

"그런 것 같아요."

상혁의 추론이 일리가 있다고 생각한 하연은 고개를 끄덕이며 동조했다.

북페이지는 판타지와 무협 외에도 로맨스를 밀어붙이고 있었다.

로맨스라는 장르를 두고 나이버와 치열한 경쟁을 벌이고

있었는데, 최근 현도와 상균과 함께 꽤 이름 있는 로맨스 작가와 독점 계약을 하게 되면서 로맨스 분야에선 나이버를 조금 앞지르고 있었다.

만약 로맨스 장르까지 나이버에게 패배했으면 도윤은 미쳐 날뛰었을 것이다.

그나마 로맨스 장르가 나이버를 앞지르고 있었기 때문에 도윤이 덜 갈군 듯했다.

"로맨스까지 우리가 지면 어떻게 될까요?"

"그런 끔찍한 말씀은 하지도 마세요, 어휴."

하연의 말에 상혁은 몸서리를 쳤다. 생각만 해도 끔찍했기 때문에 생각도 하기 싫었다.

"그래도 만약 그렇게 된다면 어떻게 될까요?"

"그런데 그렇게 될 수가 있을까요? 나이버는 로맨스가 하락세인데……."

상혁의 말대로 나이버는 과거에는 로맨스 장르의 강자였지만 최근에는 조금 하락세를 보이고 있었다.

정확하지는 않지만 그 이유로는 로맨스 작가들에 대한 박한 대우 때문이라는 소문이 있었다.

"만약 가람북이 로맨스를 시작한다면요?"

하연이 말했다.

가람북과 매니지먼트 가람의 대표 정규현은 가끔 장애물

을 만날 때도 있지만 대부분 손대는 것은 모두 장애물을 무사히 뛰어넘고 성공시키고 있었다.

그런 가람북이 로맨스에 발을 들여놓는다면 북페이지가 밀릴 수도 있다고 하연은 생각하고 있었다.

"설마요."

하지만 상혁의 생각은 조금 다른 것 같았다.

"로맨스는 판무와는 달라요. 게다가 지금 이북 시장이 독점화되면서 유명한 로맨스 작가들은 전부 독점 계약하신 것 같던데… 가람북과 계약할 로맨스 작가가 남아 있겠습니까?"

"그것도 그렇지만 아직 독점 계약 하지 않은 거물 작가는 몇 분 계세요."

"그분들은 평생 독점 계약을 안 하실 겁니다. 제가 장담하죠."

"하지만 정규현 작가는 불가능을 가능으로 만든다고 들었어요. 우리도 조금 경계할 필요가 있지 않을까요?"

하연은 소심한 성격 탓에 언제나 걱정이 많았다. 그래서 언제나 만약의 상황에 대비하는 편이었다. 그에 비해서 상혁은 대책이 없는 편이었다.

이번 일도 대책 없이 이긴다고만 생각하다가 일이 이렇게 된 것이다.

"아무 일도 없을 겁니다. 그럼 저 먼저 내려가 볼게요."

대화를 끝낸 그는 먼저 사무실로 내려갔고 하연은 한참 동안이나 옥상에서 고민한 후에야 사무실로 돌아갈 수 있었다.

44장

협상은 없다 l

　북페이지와 가람북의 경쟁은 시간이 지날수록 점점 과열
되었다.

　처음에는 북페이지가 기존의 인지도 등의 튼튼한 기반을
바탕으로 가람북을 앞서고 있었지만 어느 순간 가람북이
입소문을 타기 시작하고 나서부터 북페이지는 밀리기 시작
했다.

　가람북이 북페이지와 비교했을 때 가장 부족했던 것은 인
지도와 보유하고 있는 작품의 수였다. 하지만 그것도 시간
이 지나면서 해결되었다.

부족했던 인지도는 각종 광고를 동원하고 실시간 검색 순위 상위권에 오르자 입소문을 타기 시작하면서 급상승했다.

그리고 작품 수는 여전히 북페이지에 비해선 부족했지만 가람북은 매니지먼트 가람을 통해 안정적으로 독점 작품들을 공급할 수 있었다.

가람의 작품들은 문학 왕국과 가람북에서만 볼 수 있었기 때문에 많은 이용자가 몰렸다.

그에 비해 북페이지는 나이버 스토어를 포함한 다른 이북 플랫폼들과 치열한 경쟁을 해야 했고 작품의 수는 한정되어 있기 때문에 점차 작품 공급이 힘들어지고 있었다.

"북페이지보다 가람북에 볼 게 더 많네."

"그래서 나도 어제 가람북에 캐시를 충전했어."

북페이지는 유명 1세대 판타지 작가인 정현도와 김상균의 신작을 선보였음에도 불구하고 규현의 신작에 밀리고 말았다.

두 작가는 이제 지는 달이었지만, 규현은 떠오르는 태양이었다.

아직 독점 작품 수에 차이가 있다 보니 매출이 많이 차이가 나는 편이었지만 가람북이 규모에 비해 엄청난 매출을 기록하고 있다는 것은 부정할 수 없는 사실이었다.

"정규현 작가가 신작 연재를 시작했대. 귀환 영웅이었던 가?"

"읽어보니까 재밌더라. 검은 용 기사단 2부도 재밌긴 하지만 연재 속도가 느려서 손이 안 가."

현도와 상균의 작품도 반응은 크게 나쁘지 않았지만 규현이 귀환 영웅을 빠른 속도로 많은 양을 연재하기 시작하자 상대적으로 연재 속도가 느린 현도와 상균의 작품을 보는 독자들은 조금 줄어들게 되었다.

"대표님, 어제 하루 동안의 가람북 매출입니다."

"수고했어요."

하은은 매출이 정리된 보고서를 규현에게 제출했다. 보고서를 읽은 규현의 입꼬리가 올라갔다.

며칠 전부터 매일 매출을 확인하고 있었는데 가람북의 매출은 매일 순조롭게 상승하고 있었다. 어제 매출도 평소처럼 상승한 것을 확인할 수 있었다.

보고서를 정독한 규현은 그것을 서랍에 조심스럽게 넣고 나이버에 접속했다. 중요한 메일이 도착했다고 스마트폰 어플이 알려왔기 때문이었다.

메일함을 확인하니 ABO 드라마 기획국에서 보낸 메일이 있었다.

규현은 마우스를 움직여 메일을 확인했다.

영어로 된 메일이었지만 어렵지 않게 읽을 수 있었다. 규현이 장황한 서론을 싫어하는 걸 아직 모르는지 서론이 매우 길었고 본론은 짧았다. 그리고 첨부 파일이 하나 있었다.

'스토리 초안? 생각보다 늦게 도착했네.'

첨부 파일은 검은 사신 시즌 2의 기획 초안이었다. 이미 도착했어야 할 파일이었는데 이제야 도착했다. 규현은 이유가 궁금해서 메일을 한 번 더 정독했지만 스토리 초안이 지연된 이유에 대해서는 적혀 있지 않았다.

'일단 읽어보자.'

어차피 제작이 조금 늦어진다고 해도 자신이 손해 보는 것은 없었기 때문에 규현은 대충 넘어가기로 했다.

그는 첨부 파일을 저장한 뒤, 열어서 확인했다.

꼼꼼하게 확인했지만 특별히 문제될 점은 보이지 않았다.

아직 미국의 드라마 시장에 대한 전문가가 아니었기 때문에 쉽게 지적하기 망설여졌지만 그가 보기에도 문제가 확실히 드러난 부분은 수정 표시를 한 뒤, ABO 드라마 기획국으로 메일을 보냈다.

[빠른 답장 감사합니다, 작가님. 최대한 빠른 시일 내에 스토리 수정안을 보내겠습니다. 좋은 하루 보내세요.]

답장을 보내고 얼마 지나지 않아서 ABO 드라마 기획국에서 답장이 도착했다. 답장을 확인한 규현은 귀환 영웅을 쓰기 위해 문서 파일을 열고 노트북 키보드를 두드리기 시작했다.

노트북 키보드를 바쁘게 두드리며 글을 쓰기 시작한 지 10분 정도가 흘렀다.

스마트폰이 짧게 진동하면서 문자메시지 도착을 알렸다. 규현은 스마트폰을 들어 올려 문자메시지를 확인했다.

[안녕하세요, 정규현 작가님. 북페이지 기획팀장 유상혁이라고 합니다. 갑작스럽게 연락을 드려서 죄송합니다. 다름이 아니라, 작가님을 꼭 뵙고 드릴 말씀이 있어서 연락을 드리게 되었습니다. 저는 언제든지 괜찮으니, 시간이 있으실 때 연락 주세요!]

규현은 북페이지의 기획팀장 유상혁을 만난 적이 한 번도 없었다.

하지만 그가 자신의 전화번호를 어떻게 알아냈는지는 쉽게 추측할 수 있었다.

아마도 예전에 만난 적이 있었던 마케팅2팀의 팀장 임태

석에게서 전화번호를 알아냈을 것이다.

[딱히 할 말이 없습니다.]

규현은 짤막한 답장을 보내고는 다시 귀환 영웅을 쓰기 시작했다.

얼마 지나지 않아서 다시 스마트폰이 진동했다.

[이북 사업 관련해서 긴히 드릴 말씀이 있습니다! 연락 기다리고 있겠습니다.]

집요한 답장에 규현은 눈살을 살짝 찌푸렸지만 가만 생각해 보니 너무 거절하는 것도 예의가 아니라고 생각되었다.

협상을 요청하는 것일 수도 있었기 때문에 계속 거절하면 가람이 손해를 보게 될 수도 있다고 생각한 규현은 당장 만날 수 있다는 내용의 답장을 보냈다. 이윽고 약속 장소가 적힌 문자메시지가 도착했다.

"잠깐 나갔다 올게."

"어디 가세요?"

"북페이지에서 문자메시지가 온 건가요?"

규현이 가방을 챙기며 말하자 상현이 행선지를 물었다. 규현은 대답하지 않았지만 옆자리의 하은은 문자메시지를 보낸 사람이 누군지 아주 쉽게 추측할 수 있었다.

현 시점에서 규현을 급하게 외출하게 만들 수 있는 곳은 북페이지뿐이었다.

"네, 북페이지에서 문자메시지를 보냈네요."

"대표님에게 직접 문자메시지를 보냈다는 것은 적어도 팀장급이겠네요. 아마도 기획팀장… 아니면 마케팅팀장일 수도 있겠네요. 북페이지에선 마케팅 부서가 마케팅 외에도 몇 가지 일을 담당하고 있다고 들었어요."

"이름은 유상혁, 기획팀장이네요."

하은은 규현에게 문자메시지를 보낸 사람의 직함까지 추측해 냈다.

그 모습에 규현은 혀를 내둘렀다.

"지금 가람북이 예상외의 선전을 보이고 있어서 북페이지의 사정이 좋지 않으니, 타협안을 제시할 겁니다."

하은의 말대로 현재 북페이지의 사정은 좋지 않았다.

이북 플랫폼 중에서는 나이버 스토어와 함께 규모가 크기로 유명하고 자금력도 튼튼하기 때문에 이번 위기로 망하지는 않겠지만 이 상황이 계속 유지된다면 적지 않은 타격을 입을 게 분명했기 때문에 그들은 반드시 타협할 방법을 찾기 위해 노력할 것이다.

"저도 동행하겠습니다, 대표님."

"하은 씨가 함께 가주신다면 저야 든든하고 좋죠."

만약 북페이지에서 협상을 시도한다면 가람북의 미래를 결정지을 수 있는 중요한 사항을 가지고 나올 것이다.

그래서 아이 같은 구석이 있는 규현을 혼자 보내기엔 걱정이 됐는지 하은은 동행을 요청했다.

"가시죠, 대표님."

준비를 끝낸 하은이 말했다.

규현은 그녀와 함께 사무실을 나와 약속 장소로 향했다. 도로 사정이 좋았기 때문에 금방 도착할 수 있었다.

"저는 커피를 주문하겠습니다. 대표님은 아이스티죠?"

"네, 아이스티로 부탁해요."

하은은 주문을 위해 카운터로 발걸음을 옮겼고 규현은 적당한 위치의 자리를 골라 앉았다.

이윽고 하은이 커피 두 잔과 아이스티 한 잔을 들고 나타났다.

규현의 앞에 아이스티를 내려놓고 그의 앞에 커피를 내려놓은 그녀는 마지막 남은 커피를 들고 규현의 옆자리에 앉았다.

"유상혁 팀장에 대해서 알고 있는 거 있어요?"

"네, 물론 알고 있습니다."

규현의 말에 하은이 대답했다.

한국 장르 문학계는 매우 좁았기 때문에 출판 관계자끼리
는 대부분 서로에 대해 알고 있었다.

직접적으로 알지는 않아도 여러 소문을 통해 간접적으로
알고 있는 경우가 많았다.

그것은 편집자로서 판타지 제국에서 적지 않은 시간을
근무한 하은도 마찬가지였다.

특히 유상혁 팀장은 나름 업계에선 유명한 편이었기 때문
에 그녀가 모를 리가 없었다.

"시간이 조금 남았으니, 그에 대한 것을 알려주는 게 어떻
습니까?"

약속 시간까지는 30분 정도가 남았다.

상혁이 일찍 다니는 편이라고 가정해도 그가 오려면 최소
10분 이상은 기다려야 할 것이다.

"이쪽에선 꽤 유명하신 분이죠. 북페이지에 있기 전엔 판
타지 제국에서 근무하셨습니다."

"그래요?"

"네."

하은은 고개를 끄덕였다. 그녀는 커피를 한 모금 마신
뒤, 입을 열었다.

"이번에 독점작 확보에도 그가 꽤 큰 활약을 한 것으로 알고 있습니다."

"그렇군요."

규현은 고개를 끄덕였다.

"오신 것 같습니다."

하은이 말했다.

그녀는 상혁의 얼굴을 몰랐지만 카페에 들어와 두리번거리는 남성의 모습에 그가 상혁이라는 것을 어렵지 않게 알 수 있었다.

그녀의 예상대로 그는 카페 안을 살피다가 규현을 발견하고는 빠른 걸음으로 거리를 좁혔다.

규현의 얼굴은 이미 널리 알려져 있었기 때문에 그가 한눈에 알아본다고 해도 이상하지 않았다.

"반갑습니다. 북페이지 기획팀장 유상혁이라고 합니다."

"가람 대표 정규현입니다."

"가람 경영지원팀장 이하은입니다."

두 사람은 의자에서 일어나 상혁을 맞이했다.

악수하고 명함을 주고받자 세 사람은 의자에 앉았다.

"작가님, 이렇게 갑작스러운 요청에도 불구하고 나와주셔서 감사합니다."

상혁은 대표님과 작가님이라는 단어 중에서 잠시 망설였

으나 이내 작가님이라는 단어를 선택했다.

"서론은 괜찮습니다. 바로 본론으로 들어가죠."

서론을 별로 좋아하지 않는 규현은 바로 본론으로 들어갈 것을 요청했다.

그의 직설에 상혁은 조금 당황했지만 겉으로는 드러내지 않고 입을 열었다.

"지금 경쟁이 상당히 과열되었다는 것을 작가님도 알고 계실 것이라 생각됩니다."

"네, 경쟁이 조금 과열되었긴 했죠. 그런데 그걸 먼저 시작한 쪽이 누구일까요?"

"하하하."

규현의 말에 뼈가 있자 상혁은 어색한 웃음소리를 흘렸다.

아무래도 공격적인 전략을 먼저 시작한 쪽이 북페이지이다 보니 반박하기 힘들었던 것이다.

하지만 그렇다고 해서 상혁은 웃음을 흘릴 뿐 인정하지는 않았다.

"대표님, 유상혁 팀장은 너무 자극하지 않는 게 좋을 것 같습니다."

하은이 그에게만 들릴 정도의 목소리로 속삭였다. 규현은 눈살을 찌푸렸다.

그의 생각은 하은과는 달랐다. 낮은 자세로 갈 필요는 없다고 생각했다.

먼저 시작한 쪽은 북페이지였고 현재 유리한 고지를 차지한 쪽은 가람북이었다.

상혁이 아닌 규현이 칼을 들고 있었다.

다만, 하은은 북페이지가 이북 플랫폼 중에서는 나이버 스토어와 비슷할 정도로 규모가 크기 때문에 언제든지 역습이 가능하다고 생각하고 있었다.

역습은 불가능하더라도 출혈 경쟁으로 유도하는 경우도 있었는데, 이 경우 북페이지에 비해 자금력이 부족한 가람북이 불리하기 때문에 적당히 타협을 할 필요가 있다는 게 그녀의 생각이었다.

"저도 따로 생각해 둔 게 있으니, 한번 믿고 맡겨주세요."

상혁이 잠시 커피를 마시는 사이에 규현이 입가를 살짝 가리고 하은에게만 들릴 정도로 작은 목소리로 말했다.

"알겠습니다."

하은 역시 작은 목소리로 답하며 고개를 끄덕였다.

가끔 규현이 아이 같은 모습을 보이긴 해도 결과는 대부분 좋았기 때문에 하은은 우선 그를 믿어보기로 했다. 만약 문제가 발생한다고 해도 바로 수습하면 괜찮을 것이다. 그러기 위해서 동행을 요청한 것이었으니까.

"일단 말씀해 보시죠. 북페이지에선 어떤 생각을 가지고 있나요?"

"저희 북페이지는 가람북과의 협력을 원하고 있습니다."

"어떤 협력을 말씀하시는 거죠?"

규현이 물었다.

협력에도 여러 종류가 있다.

확실하게 할 필요가 있었다.

"사이트 통합입니다."

"…지금 뭐라고 하셨습니까?"

상혁의 제안에 규현은 어이가 없고 화가 나서 자리에서 벌떡 일어나 그를 내려다보았다.

옆에 앉은 하은도 상혁의 어이없는 제안에 당황한 모습이었다.

"진정하시죠. 이건 당장 가람북에게 유리한 제안입니다."

그의 말대로 지금 당장은 북페이지가 보유한 작품의 수가 훨씬 많기 때문에 통합하게 된다면 가람북이 이익을 볼 것이다.

하지만 현재 가람북의 신규 회원 수는 상당히 빠르게 늘어나고 있었기 때문에 장기적으로 볼 때는 북페이지가 훨씬 많은 이익을 취할 수 있었다.

쉽게 설명하자면 북페이지는 가람북이 차린 밥상에 숟가

락 하나를 턱 얹겠다고 선언한 것이었다.

현재의 경쟁에서는 가람북이 우위를 점하고 있었는데, 북페이지는 자신의 규모가 더 크기 때문에 가람북이 이 말도 되지 않는 제안에 순순히 따를 것이라고 생각하는 것 같았다.

그 점이 규현은 마음에 들지 않았다.

"하아."

흥분해서 좋을 건 없었기 때문에 규현은 정신을 수습하고 의자에 앉았다.

문자메시지 도착을 알리는 스마트폰의 진동에도 불구하고 규현은 확인하지 않았다.

그러자 옆에 앉아 있는 하은이 손짓으로 스마트폰을 확인하라고 사인을 보냈다.

"잠시 실례하겠습니다."

규현은 상혁에게 실례를 구하고는 스마트폰을 확인했다.

하은이 보낸 문자메시지가 와 있었다. 규현은 문자메시지를 확인했다.

[말로 하면 길어질 것 같아서 이렇게 문자메시지로 대신합니다. 북페이지에서는 오히려 강경책을 택한 것 같습니다. 저자세로 나가서 얕보여 많은 것을 내주는 것보다는 차라

리 무리수를 둬서 도박을 해보는 것 같습니다. 제 예상과는 다르네요. 이렇게 된 이상 저자세로 나가면 안 될 것 같습니다. 저희도 강하게 나가죠.]

약한 모습을 보이면 뺏기지 않을 것도 뺏기게 된다.

상대방이 강하게 나온다면 가람북도 강하게 나갈 필요가 있다고 하은은 생각했다.

어차피 칼자루를 쥐고 있는 쪽은 가람북이었다. 적어도 하은은 그렇게 생각했다.

문제는 북페이지였다.

그들은 자신이 칼자루를 쥐고 있다고 생각하는 것 같았다.

적어도 지금까지의 행동으로 볼 때 그럴 확률이 높았다.

그러니 강경하게 나갈 수밖에 없었다.

"거절합니다. 저희는 수용할 수 없는 제안이네요."

"작가님, 미래는 아무도 모릅니다. 저희와 함께 안정적인 공존의 길을 택하시죠."

"저희 미래는 저희가 설계합니다. 북페이지와 함께할 이유는 없어요."

상혁이 미소를 지으며 회유를 시도했지만 규현에게 통하지 않았다.

"그렇습니까?"

회유가 통하지 않자 상혁의 표정이 변했다.

방금 전까지만 해도 입가에 미소를 머금고 있었다. 하지만 지금은 그 얼굴에 미소가 사라지고 얼굴은 딱딱하게 굳은 채 냉기가 흐르고 있었다.

"작가님, 이런 좋은 제안을 거절하시면 나중에 후회할지도 모릅니다."

회유가 통하지 않자 은근한 협박이 시작되었다.

그 말에 규현의 표정이 딱딱하게 굳었다. 그 모습을 본 하은은 서둘러 문자메시지를 보냈고 스마트폰이 진동하자 규현은 화면을 확인했다.

[화가 나서도 너무 강하게 나가셔서는 안 됩니다. 적당히 강도를 조절하세요. 당장 뽑은 칼보다 등 뒤에 숨긴 칼이 무서운 법입니다.]

문자메시지를 확인한 규현은 입을 굳게 닫은 채 고개를 끄덕이는 것으로 대답을 대신했다. 그 모습에 하은은 안도했다.

규현은 아이 같은 면도 있었고 협박과도 같은 적의를 드러낸 상대를 대할 때 상당히 흥분하는 경향이 있었다. 사업을 할 때는 냉정할 필요가 있었기 때문에 하은은 옆에서 규현이 폭주하지 않도록 보조하는 데 집중했다.

"글쎄요, 저는 그렇게 생각하지 않습니다. 지금까지 저희는 후회할 선택은 하지 않았고 앞으로도 그럴 것입니다."

하은의 충고 덕분일까? 규현은 부드러운 미소와 함께 차분한 목소리로 대응했다.

"작가님이 뭔가 착각하고 계신 것 같아서 말하는 건데요."

상혁이 잠시 말을 멈췄다.

그는 커피 잔을 입가로 가져가 커피를 한 모금 마셨다. 그리고 잔을 테이블 위에 올려놓으며 입을 열었다.

"저희는 작가님이 후회하게끔 만들 수 있다는 것입니다."

"말씀이 조금 지나치신 것 같습니다."

조금 전과는 비교가 되지 않는 강도 높은 협박에 하은이 반응했다.

규현은 굳은 얼굴로 두 눈을 가늘게 뜨고 상혁을 주시했다.

그는 본능적으로 알 수 있었다. 지금 상혁은 허세를 부리고 있었다.

분명 북페이지는 거대한 규모를 가지고 있는 이북 플랫폼이었지만 규현이 후회할 일을 만들려면 많은 것을 포기해야만 했다.

"지금 협박하시는 겁니까?"

규현이 차분한 목소리로 말했다.

예상치 못한 무례에 규현은 화가 나긴 했지만 감정을 잘 다스리고 있었다.

상혁은 입꼬리를 끌어 올리며 의자 등받이에 몸을 기댔다.

"작가님은 협박을 이렇게 하시나요? 협박이 아닙니다. 그저 평범한 대화죠."

"어떤 말을 해도 제 결심이 변하지는 않을 겁니다."

"갑작스러워서 다소 당황하셨을 수도 있겠군요. 이해합니다."

상혁이 일어났다.

규현과 하은도 의자에서 일어났다.

"방금 드린 명함에 제 전화번호가 있습니다. 언제라도 상관없으니, 생각이 변하시면 제게 연락주세요."

상혁의 말에 규현은 대답하지 않았다.

상혁은 입꼬리를 끌어 올려 웃은 뒤, 몸을 돌려 카페를 나갔다.

그가 나가자 규현은 힘없이 의자에 앉았다.

"문자메시지를 받을 때만 해도 저자세였는데, 이렇게 갑자기 강하게 나올 줄은 몰랐어요."

"저도 예상하지 못했습니다."

"북페이지는 이번 경쟁으로 큰 타격을 입은 게 아니었어요?"

규현이 하은을 보며 물었다. 분명 큰 타격을 입었다고 보고받았는데, 오늘 북페이지의 행동을 볼 때 그들은 아쉬운 게 없어 보였다.

"대표님, 북페이지는 이북 플랫폼 중에서 나이버 스토어와 견줄 수 있을 만큼 규모가 큽니다. 저희와의 경쟁으로 타격을 입었다고는 하지만 새로운 주력 사업으로 떠오르는 로맨스도 건재합니다."

"그렇다면 로맨스도 뺏기면 볼만하겠네요?"

"그건 그렇지만… 설마 로맨스 장르도 도전하실 생각이십니까?"

하은이 깜짝 놀라며 그에게 물었다.

규현은 입가에 미소를 그린 채 고개를 저으며 잔을 들어 올렸다.

아이스티가 아직 많이 남아 있었다. 그것을 한 모금 마신 뒤, 그는 입을 열었다.

"제가 도전하는 건 아니에요."

"그렇다면 다른 로맨스 작가를 영입할 생각이신 것 같은

데… 이미 괜찮은 로맨스 작가는 일부를 제외하고 대부분이 다른 곳과 독점 계약을 한 상태입니다."

하은이 설명했다.

독점 전쟁이 시작되면서 가람북이 내부 결속력을 다질 동안 괜찮은 로맨스 작가들은 모두 북페이지와 나이버 스토어에서 흡수했다.

로맨스 작가들은 문학 왕국에서 활동을 하지 않기 때문에 규현이 능력을 이용해 신인을 발굴하는 것도 쉽지 않았다.

"로맨스는 호흡이 길지 않은 경우가 많죠?"

"네, 그렇습니다."

규현의 물음에 하은은 고개를 끄덕이며 대답했다.

"일단 계약이 얼마 남지 않은 로맨스 작가들에게 접촉하도록 하죠. 그리고 아직 독점 계약을 하지 않은 로맨스 작가들도 있을 겁니다. 그렇죠?"

"네, 대표적으로 강예리 작가가 있습니다."

북페이지에서 주로 활동했던 강예리 작가는 1위였던 심혜리 작가 때문에 항상 2위에 머물렀지만 마음을 울리는 감동적인 로맨스 소설을 잘 쓰는 경험 많은 작가였다.

"그럼 강예리 작가를 먼저 영입하는 게 좋겠네요. 누군가 길을 열면 따라 나서는 사람들이 생기게 마련이니……."

"하지만 대표님, 강예리 작가는 북페이지와 나이버 스토어에서 제시한 좋은 계약 조건에도 불구하고 그 누구와도 독점 계약을 하지 않고 글 쓰는 것을 쉬고 있어요."

"그런가요?"

"게다가 완결을 앞둔 다른 로맨스 작가들도 저희가 특별한 조항을 걸지 않는 이상 북페이지와 차기작을 계약하기를 원할 겁니다."

그렇게 말하며 하은은 스마트폰을 규현의 눈앞에 가져갔다.

"이것을 보시죠."

규현의 시선이 스마트폰 화면으로 향했다.

계약서 내용으로 보이는 여러 조항 중 일부가 적혀 있었다.

계약서 전문을 읽어보지 않아서 확실하게 판단할 수는 없었지만 나와 있는 조항들만 보면 상당히 조건이 좋았다.

"계약서인 것 같은데… 조건이 상당히 좋네요. 어디 거죠?"

"북페이지입니다. 얼마 전에 유출된 건데, 지금은 삭제되었지만 미리 캡처했습니다."

하은의 대답에 규현은 눈매를 찌푸렸다.

생각했던 것보다 북페이지 독점 계약 조건이 좋았다.

"생각보다 조건이 좋네요. 저 정도 조건이면 더 좋은 조건을 제시하기 힘들 것 같습니다."

"네, 더 좋은 조건을 제시하면 출판사 또는 매니지먼트 쪽에서 손해를 보게 됩니다."

하은이 대답했다.

북페이지의 독점 계약 조건은 회사가 손해를 보지 않는 선에서 작가에게 최대한 많은 혜택을 주도록 되어 있었다.

북페이지보다 더 좋은 조건을 제시하려면 회사의 입장에서는 손해를 보게 된다.

그렇게 되면 자연스럽게 출혈 경쟁이 시작되는데 북페이지와 출혈 경쟁을 하게 되면 가람북은 오래 버티지 못할 게 분명했다.

출혈 경쟁은 피해야만 했다.

"일단 사무실로 돌아가죠. 아직 시간은 조금 있으니까 천천히 생각해 보도록 합시다."

규현은 잠시 고민했지만 답을 찾아낼 수 없었다. 그는 결국 아이스티를 단숨에 비우고는 하은과 사무실로 돌아가기로 했다.

"네, 대표님."

하은은 고개를 끄덕였고 두 사람은 사무실로 돌아가기 위해 주차장으로 향했다.

주차되어 있는 차에 탑승한 뒤, 얼마 지나지 않아서 금진 빌딩에 도착할 수 있었다.

"다녀오셨어요?"

상현이 서류 보관함에 서류를 집어넣다가 문이 열리고 들어오는 규현을 발견하고는 인사했다.

다른 직원들과 작가들도 잠시 일을 멈추고 인사를 건넸다.

"좋은 결과 있었어요?"

"아니, 전혀."

상현의 말에 대충 대답한 규현은 책상 앞 의자에 앉아 노트북을 켰다.

그리고 귀환 영웅을 쓰기 전에 메일함을 확인했는데 ABO 드라마 기획국에서 스토리 수정안을 보냈다는 내용의 메일이 도착해 있었다.

"하은 씨는 일단 독점 계약 하지 않은 것으로 추정되는 로맨스 작가들 명단 정리해 주세요. 저는 잠시 미국 쪽 일 때문에 전화를 해야겠네요."

메일을 확인해 보니 규현의 요청이 전혀 반영되지 않았다.

아무래도 전화해 볼 필요가 있을 것 같았다.

"네. 최대한 빨리 명단 작성해서 올릴게요."

하은에게 일을 하나 준 규현은 회의실로 들어가 ABO 드라마 기획국으로 국제 전화를 걸었다.

—네, 작가님. ABO 드라마 기획국 필 하스너입니다.

전화를 받은 사람은 드라마 기획국의 필 하스너였다.

"왜 수정안이 제대로 반영되지 않은 거죠?"

규현은 침착하게 영어로 질문했다.

—죄송합니다. 에피소드 작가 절반 이상이 반대를 해서 말입니다.

"감독님도 반대하신 겁니까?"

—아뇨. 감독님은 모르시는 일입니다. 스토리 부분은 감독님이 거의 관여하지 않습니다.

규현의 물음에 필이 대답했다. 예상치 못한 규현의 격한 반응에 조금 당황한 듯한 목소리였다.

"에피소드 메인 작가들이 저를 조금 더 존중해 주었으면 좋겠습니다. 저는 이번 시즌 메인 작가입니다. 제가 쓴 스토리가 통과되었으면 각 에피소드의 스토리에도 제가 관여할 수 있다고 생각합니다."

—메인 작가님들에게 제가 잘 말해두겠습니다.

"감사합니다."

필의 확답을 들은 규현은 목소리를 높이는 것을 그만두었다.

규현과 에피소드 메인 작가들 사이에서 고생하는 것은 필이었다. 그 점을 규현도 잘 알기 때문에 과하게 항의하지 않았다. 단지 자신을 존중해 줄 것을 요청할 뿐이었다.

─조만간에 다시 연락드리겠습니다.

"부탁드리겠습니다."

전화 통화가 끝났고 규현은 힘없이 한숨을 내쉬었다.

45장

협상은 없다II

　[안녕하세요, 교토 북스입니다. 날씨가 점점 더워지고 있습니다. 건강은 괜찮으신지요? 작가님께서 서론이 긴 것을 싫어하시니 바로 본론으로 들어가겠습니다. 저희 교토 북스는 작가님의 신작, 귀환 영웅을 라이트노벨로 출간하고 싶습니다. 만약 출간하게 된다면 일러스트 작가는 기사 이야기와 최후의 흑마법사의 일러스트 작업을 맡았던 타치바나 사쿠라 씨가 맡게 될 것입니다. 언제나 최고의 조건으로 작가님을 모시겠습니다. 혹여, 귀환 영웅이 일본으로 진출하게 된다면 저희와 함께했으면 좋겠습니다.]

다음 날 사무실에 출근한 규현은 교토 북스의 메일을 확인할 수 있었다.

어떻게 알았는지는 모르겠지만 귀환 영웅을 일본에서 출간하고 싶다는 내용의 메일이었다.

'해외 출간은 나쁘지 않겠지. 안정적으로 S급을 유지하는 데 도움이 될 거야.'

이미 일본에 두 개의 작품을 출간한 규현은 일본 출간에 대해 아주 긍정적으로 생각하고 있었다. 이미 일본에서 그의 인지도는 충분했기 때문에 출간만 한다면 많은 독자가 그의 책을 구매할 것이다.

그러고 보니 스탯의 구성 요인 중에 인지도도 포함되는 것 같았다.

그런 의미에서 해외 출간을 하면 S급을 유지하는 데 도움이 될 수 있었다.

여러 가지 장점이 있기 때문에 규현은 일본 출간을 결심하고 교토 북스에 메일을 보냈다.

지금까지 같이 작업하면서 딱히 교토 북스에 서운한 점도 없었고 대우도 좋았기 때문에 계속 함께 일할 생각이었다.

교토 북스의 답장을 기다리면서 귀환 영웅을 쓰려던 그

는 스토리가 막힌 것을 깨닫고 절망했다.

귀환 영웅은 설정과 시놉시스를 치밀하게 준비했지만, 스토리는 완성도가 다소 부족해서 연참을 거듭하다 보니 결국 막히고 말았다.

주인공이 신을 믿지 않는 성기사와 그의 동생이자 성녀인 히로인을 영입해야 하는데, 어떻게 풀어나가야 할지 생각이 떠오르지 않았다.

5분 정도 계속 고민했지만 방법이 떠오르지 않자 그는 잠시 쉴 겸 탕비실로 향했다.

탕비실 냉장고에서 피로 회복제를 꺼낸 순간, 그는 어떤 생각이 떠올랐다. 하지만 귀환 영웅 스토리에 대한 건 아니었다.

그는 사실을 확인하기 위해 회의실로 들어가 가끔 연락하며 지내는 미국인인 리퍼 세일에게 전화를 걸었다.

─네, 정규현 작가님. 오랜만입니다.

"그동안 잘 지내셨어요?"

─네, 저야 잘 지냈습니다만… 작가님은 많이 바쁘시다고 들었습니다.

"네, 조금 바쁘네요."

─그런데 어쩐 일이십니까?

서로의 안부를 물어보는 시간이 끝나고 이제 본론을 이

야기해야 했다.

리퍼의 물음에 규현은 천천히 입을 열었다.

"실은 하나 여쭤보고 싶은 게 있어서 이렇게 급히 전화드렸습니다."

─뭐든 물어보시죠.

규현의 말에 리퍼는 대답했다.

두 사람은 가까운 사이는 아니었지만 서로 간단한 통화도 못 할 정도는 아니었다.

"미국에 제 작품을 진출시키고 싶은데… 미국에 있는 괜찮은 출판사를 제가 몰라서요. 아무래도 감독님은 현지인이시니까, 저보단 잘 알 것 같아서 전화드렸습니다."

에피소드 메인 작가들에게 물어보면 확실한 답을 얻어낼 수 있겠지만 규현은 에피소드 작가들과 친한 사이가 아니었다.

겉으로는 아무 문제가 없었지만 규현과 그들 사이에는 보이지 않는 벽이 존재했다.

그래서 선택한 것이 리퍼 세일 감독이었다. 관련 업계 종사자는 아니지만 일단 현지인이니 자신보다는 더 많은 정보를 알고 있을 것이라 판단했다.

─굳이 출판사를 낄 필요가 없을 것 같은데요. 아마존이 있잖아요.

"아마존이요?"

ㅡ네, 아마존에 영문 소설은 물론이고 한글 소설도 올릴 수 있어요.

리퍼의 말에 규현의 두 눈이 반짝였다.

그의 대답에 아주 많은 것이 떠오르고 있었다. 잘만 하면 해외 출간이라는 달콤한 미끼로 로맨스 출간 작가들을 영입할 수 있을 것 같았다.

"감사합니다. 다음에 미국에 가게 되면 제가 근사한 곳에서 식사를 대접하겠습니다."

ㅡ저야말로 작가님께 도움이 된 것 같아서 기쁘네요.

"감사합니다."

규현은 다시 한번 감사하다는 말을 남기고 전화를 끊었다.

그리고 회의실을 나오며 포효하듯 외쳤다.

"아마존!"

모두의 시선이 규현에게 집중되었다.

그는 아랑곳 않고 열심히 업무를 보고 있는 하은에게 다가갔다.

"대, 대표님?"

규현의 이상한 행동에 그녀는 조금 당황한 것 같았다.

규현은 입꼬리를 끌어 올려 웃으며 입을 열었다.

"하은 씨, 해외 작품 공개는 매력적인 조건이죠?"

"예, 제가 작가가 아니라서 잘은 모르겠지만… 아마도 그렇겠죠?"

"아마존에 작품을 올려주는 조건으로 로맨스 작가들을 모으는 건 어떻게 생각하세요?"

규현이 야심차게 말했다.

해외에 작품이 소개되는 것은 모든 작가의 꿈이다. 아마존에 작품을 등록하는 것도 엄밀히 말하면 해외에 작품이 공개되는 것이니까 분명 많은 작가가 몰려들 것이다.

"분명 좋은 방법이지만 하지만 전부 번역하려면 엄청난 비용이 발생합니다."

"자세히 알아봐야 하겠지만 한국어 작품도 올릴 수 있다는 것 같아요."

"그럼 전부 한국어로 올릴 생각이십니까? 그러면 팔리지도 않을 겁니다."

하은이 우려를 표했다.

그녀의 말대로 미국 시장에 한국어로 된 작품을 올린다면 한국인과 한국어에 익숙한 소수를 제외하면 아무도 구매하지 않을 것이다.

"전부는 아닙니다. 한국에서 인기를 얻은 건 영문판을 제대로 만들어서 올려야죠."

"인기를 얻었다는 기준은 어느 정도입니까?"

"객관적인 척도로 판단할 겁니다. 기준은 아직 정하지 않았지만 곧 정해야죠."

"확실히 아마존에 작품을 올린다는 건 매력적이네요. 그것과 함께 정산 비율을 조금 손보면 로맨스 작가 다수와 계약할 수 있을 것 같습니다."

하은이 긍정적인 반응을 보였다.

아마존에 작품을 올려준다는 것은 제법 매력적인 제안이었다.

신인 작가들이라면 확실하게 걸려들 것이고 기성 작가들도 영문판 제작 제안에 긍정적인 반응을 보일 것이다.

"자세한 건 나중에 이야기하죠. 명단은 완성되었습니까?"

규현의 물음에 하은은 고개를 저으며 입을 열었다.

"마지막으로 정리만 하면 될 것 같습니다. 1시간 안에 제출하겠습니다."

"부탁할게요."

규현은 자신의 자리로 가서 앉았다. 그리고 교토 북스로 한 통의 메일을 보냈다.

자신이 아닌 가람의 작품도 출간해 줄 수 있냐는 내용의 메일이었다.

무리한 요구일 수도 있기 때문에 규현은 최대한 정중하게 보냈고 20분이 지나지 않아서 답장이 도착했다.

메일을 확인한 규현은 입가에 미소를 머금었다.

긍정적인 답변이었다.

이것으로 강예리 작가를 영입할 준비는 끝났다. 일본 출간과 영문판 제작을 내세우면 예리도 계약할 확률이 높았다.

"대표님, 명단 정리했습니다."

하은이 다가와 서류를 제출했다. 전에 부탁했던 독점 계약을 하지 않은 것으로 추정되는 로맨스 작가들의 명단이었다.

"생각보다 수가 적네요?"

로맨스 작가의 수는 제법 많다고 들었는데, 명단에 적힌 필명은 생각보다 적었다.

"네. 아무래도 독점 경쟁이 붙으면서 대부분의 로맨스 작가들이 북페이지나 나이버 스토어와 독점 계약을 하고 활동 중이니까요."

"그렇군요. 수고하셨습니다."

규현의 말에 하은은 고개를 살짝 숙인 뒤, 자신의 자리로 돌아갔고 규현은 명단을 검토하면서 몇몇 작가의 이름 위에 까만 줄을 그었다.

까만 줄이 그어진 로맨스 작가들은 규현이 나이버 스토어나 북페이지에 연재했던 그들의 전작으로 스탯을 확인한, 작가 스탯이 낮은 자들이었다.

안타깝지만 매출을 위해선 스탯이 낮은 작가들은 포기할 수밖에 없었다.

"하은 씨, 여기 최종 명단입니다."

명단을 정리하는 데 걸린 시간은 30분 정도였다. 규현은 정리된 최종 명단을 하은에게 다시 전달했다.

"줄이 그어진 작가들을 제외하고 쪽지 보내주세요."

"네."

"같은 내용을 붙여 넣기 하지 말고 직접 써서 보내주세요. 그리고 우리의 계약 조건을 언급해 주시고요."

복사, 붙여 넣기로 도배되어 분량만 늘린 무성의한 쪽지를 싫어하는 작가도 많았다.

지금 당장 급한 쪽은 가람이었기 때문에 규현은 정성을 보여줄 필요가 있다고 생각했다.

명단을 확인하며 자리로 돌아가려던 하은이 발걸음을 멈추고 규현을 향해 몸을 돌렸다.

"작가님, 강예리 작가의 이름이 붉은색 원으로 강조되어 있는데, 이건 무슨 의미입니까?"

"제가 직접 연락한다는 의미입니다. 강예리 작가는 빼고 다른 작가들에게만 쪽지를 보내주세요."

"하지만 문학 왕국에서 활동하는 분들이 아니라서… 나이버 스토어 계정이 있는 분들은 쪽지를 보낼 수 있지만 북페이지에서만 활동하는 분들은 따로 메일을 명시해 둔 경우를 제외하면 연락할 길이 없습니다."

하은이 말했다.

문학 왕국의 경우 바로 쪽지를 보낼 수 있고, 나이버 스토어의 경우 작가의 나이버 계정이 공개되어 있기 때문에 그쪽으로 쪽지를 보내면 된다.

하지만 북페이지에서만 활동하는 작가 같은 경우엔 작가 정보에 따로 메일을 적어두지 않는 이상 연락을 취할 수단이 없었다.

"곤란하네요."

하은이 지적한 문제점을 인지한 규현은 고민했지만 당장 답이 나오지 않았다.

"북페이지에서 협조해 주진 않겠죠?"

"당연히 협조해 주지 않을 겁니다. 일단은 접촉할 수 있는 로맨스 작가들에게만 먼저 접촉하고 나머지 작가들은 인터넷 검색을 해보고 안 되면 저한테 보고하세요. 제가 방법을 찾아볼게요."

"알겠습니다. 그런데… 대표님, 제가 예전에 들은 적이 있는 것 같은데… 아마존에 작품을 올리려면 미국 출판 사업자 라이선스가 있어야 한다고 합니다."

"안 그래도 조만간 절차를 밟을 생각이었어요."

규현의 말에 하은은 고개를 끄덕이며 납득했다.

"그렇군요. 알겠습니다."

그녀는 자리로 돌아가서 열심히 노트북 키보드를 두드려 작가들에게 보낼 쪽지나 메일을 작성하기 시작했다.

규현도 예리에게 보낼 장문의 메일을 작성하기 시작했다.

잠시 후, 규현은 고민에 고민을 거듭하여 작성한 메일을 예리에게 발송했고 어느덧 시간이 흘러 퇴근 시간이 가까워졌다.

직원들은 일이 많아서 퇴근하지 못했지만 작가들은 하나둘씩 퇴근하기 시작했다. 그때 규현의 스마트폰 벨소리가 울렸다.

규현은 스마트폰 화면을 확인했다. 처음 보는 전화번호였다.

강예리 작가일 확률이 높다고 생각한 그는 회의실로 들어가 전화를 받았다.

—여보세요? 정규현 작가님이세요?

맑은 목소리가 규현의 귓가를 파고들었다.

"네, 제가 정규현입니다."

—강예리라고 합니다. 메일로 보낸 내용… 과장 없는 사

실이 분명한가요?

예리의 말에 규현은 그녀에게 보낸 메일 내용을 다시 떠올려 보았다. 하지만 그가 쓴 메일에는 조금의 과장도 섞여 있지 않았다.

"조금의 과장도 없습니다."

—그렇다면 만나서 한번 이야기를 나누고 싶습니다. 지금 당장 시간 괜찮으신가요?

예리는 적극적인 모습을 보였고 규현은 그녀와 전화 통화를 이어가면서 정확한 약속 시간과 장소를 정했다. 마침 장소는 예리는 근처에 있었다.

"사무실로 직접 오시겠습니까?"

—그것도 좋은 방법인 것 같네요. 문자메시지로 자세한 위치 보내주세요.

"네. 지금 바로 보내 드리겠습니다."

전화 통화가 끝나고 규현은 바로 문자메시지를 보냈다.

[지금 갈게요.]

예리로부터 답장이 도착하고 10분 정도의 시간이 흘렀다.

굳게 닫혀 있던 사무실 문이 열리고 20대로 보이는 긴 생머리의 여성이 걸어 들어왔다.

"강예리 작가님이시죠?"

규현이 그녀에게 다가가 물었다.

"네, 강예리라고 합니다."

그녀는 규현을 보며 살짝 고개를 숙였다.

"회의실로 들어가시죠."

규현의 두 눈이 반짝였다. 그는 예리를 회의실로 안내했다.

사무실로 찾아온 이상, 게임이 끝났다. 보통 출판사 또는 매니지먼트와 작가가 계약할 때, 가장 힘든 부분이 약속을 잡는 것이었다. 그래서 약속을 잡고 만남을 가지기만 해도 거의 대부분의 작가는 고개만 끄덕이다가 계약서에 사인하게 된다.

소수의 작가가 이것저것 따져보는 편이고, 극소수의 작가가 그 자리에서 거절을 한다.

거절을 해도 실례는 아니지만 일단 약속 장소에 왔다는 것은 암묵적으로 계약할 의사가 있다고 보는 경향이 많았다.

"상현아, 커피 좀 부탁해."

회의실로 들어간 예리가 의자에 앉은 것을 확인한 규현은 회의실 문을 살짝 열어 밖으로 고개를 내밀고 상현에게 커피를 부탁했다.

상현은 대답 대신 의자에서 일어나 탕비실로 발걸음을 옮겼다.

"이렇게 찾아와 주셔서 감사합니다."

상현이 커피를 가져와 두 사람 앞에 내려놓았고 규현은 커피를 한 모금 마시며 말문을 열었다.

예리는 주변을 살피더니 입을 열었다.

"저는 북페이지와 나이버 스토어에서도 독점 계약 제안을 받았어요. 오늘은 단지 계약서만 확인하러 온 것뿐입니다."

"무슨 말씀인지 알겠습니다. 한 가지 확인할 게 있습니다만 혹시 지금 출판사 또는 매니지먼트와 계약되어 있나요?"

규현이 조심스럽게 물었다.

현재까지는 가람북은 가람에서 출간된 작품만 서비스하고 있었다. 곧 외부 작품을 들여올 생각이지만 아직은 아니었다. 그래서 다른 회사와 계약 중이라면 조금 복잡해질 수도 있었다.

보통 작품 단위로 계약하기 때문에 현재 작품 활동을 쉬고 있는 작가들은 그 어떤 곳과도 계약하지 않은 상태일 확률이 높았다.

하지만 드물게 전속 계약을 하는 경우도 있었기 때문에 확인은 필수였다.

"전속 계약이 되어 있는지 확인하시는 것 같은데… 저는 그런 거 안 해요."

예리가 대답했다.

전속 계약도 장단점이 있었지만 일부 작가들은 장점보다
단점이 많다고 생각하고 있었다. 예리도 그렇게 생각하는
것 같았다.

"그렇다면 다행이군요."

"그것보다 계약서 보여주세요."

예리는 규현에게 계약서를 보여줄 것을 요구했다.

규현은 미리 준비했던 온갖 감언이설을 잠시 접어두고 계
약서를 꺼내 그녀의 앞으로 내밀었다.

"한번 읽어보세요."

"아마존에 영문판 출간하는 건 왜 없죠?"

"맨 뒤에 특별 조항으로 명시되어 있어요."

예리의 질문에 규현은 미소를 지으며 차분하게 대답했다.

그녀는 페이지를 넘겨 마지막 페이지를 확인했다.

아닌 척하고 있지만 아마존에 영문판으로 소설을 올려준
다는 제안 때문에 이곳으로 온 것 같았다.

규현은 입가에 미소를 머금었다.

그녀의 반응으로 볼 때 좀 전에 했던 말과는 달리 오늘
가람과 계약할 확률이 매우 높았다.

"일단 정산 비율은 북페이지, 그리고 나이버 스토어보다

조금 더 높네요."

"예, 그렇습니다."

예리의 말에 규현은 고개를 끄덕였다.

강예리 작가는 젊지만 평판이 좋고 인기도 있는 로맨스 작가였다.

그녀가 가람과 계약하는 것 자체만으로 로맨스 소설계에 가람의 이름을 알릴 수 있었기 때문에 규현은 독점 계약으로 인해 가뜩이나 예리에게 유리한 정산 비율을 더욱 유리하게 조정해 주었다.

다른 로맨스 작가들에겐 이렇게까지 해줄 생각이 없었다. 오직 예리만을 위한 것이었다.

"이런 정산 비율이라면 편집자 인건비도 안 나올 것 같은데요?"

"많이 팔면 인건비는 나옵니다. 그리고 저흰 작가님의 작품을 많이 팔 자신이 있죠."

규현의 설명에 예리는 고개를 끄덕이며 계약서를 내려놓았다.

"계약하시겠습니까?"

"글쎄요. 조금 고민이 돼요. 아무래도 가람과 계약하면 가람북에 독점 공개될 텐데… 가람북의 규모는 북페이지와 나이버 스토어에 비해 작잖아요."

현재 가람북은 북페이지와의 경쟁에서 이기고 있었지만 엄밀히 말하면 아직까지 규모가 작은 것은 사실이었다.

"저희는 국내뿐만 아니라, 세계적인 시장을 노리고 있습니다. 계약서를 보시면 아시겠지만 미국 아마존 외에도 일본에 출간이 확정되어 있으며, 가능성이 있다고 판단되면 검토 후에 중국에도 출간될 겁니다."

"네, 그건 계약서를 읽어서 알고 있어요."

미국 아마존 진출과 일본 라이트노벨 출간.

가람북보다 규모가 큰 북페이지와 나이버 스토어의 독점 계약 제의를 거절한 예리가 고민하는 이유였다.

그녀가 고민하는 모습을 지켜보는 규현의 입술이 바짝 타들어갔다.

인기 있는 유명 작가 한 명을 영입하는 것은 매우 중요했다.

유명 작가를 간판으로 내세우는 것만으로도 엄청난 홍보 효과가 있었고 그 작가를 추종하는 지망생들의 합류를 끌어들일 수 있었다. 그래서 가람은 예리와 반드시 계약해야만 했다.

"정하기 힘드네요."

예리가 혼잣말에 가까운 말을 내뱉었다.

많이 고민이 되는 것 같았다. 그녀의 앞에 놓인 종이컵은 바닥을 드러내고 있었다. 그것은 규현의 종이컵 역시 마찬가지였다.

긴 침묵이 이어지자 결국 규현이 먼저 입을 열었다.

"작가님."

말없이 계약서를 내려다보고 있던 예리는 자신을 부르는 규현의 목소리에 자연스럽게 그를 향해 시선을 옮겼다.

규현은 자신의 앞에 놓여진 펜을 그녀의 앞으로 슬쩍 밀며 입을 열었다.

"가람북의 가능성을 보고 계약해 주시죠. 최고의 작가로 만들어 드리겠습니다."

규현의 자신감 넘치는 말에 예리는 장르 문학계에서 떠도는 그의 별명을 생각해 냈다.

미다스의 손.

이름 없는 작가라도 그의 손을 거치면 변한다.

판타지 시장에서는 널리 퍼진 소문이었고 사실이었다. 하지만 아직 그가 로맨스 작가를 성공시킨 적은 없었고 판타지와 로맨스는 장르가 다르기 때문에 고민하는 예리의 마음을 확실하게 붙잡기엔 부족했다.

"저 북페이지 로맨스 장르 2위였어요. 이미 최고의 작가라고 볼 수 있지 않을까요?"

예리가 말했다.

그녀의 말대로 북페이지 로맨스 2위면 최고의 작가라고 칭할 수 있는 수준이었다.

실제로 그녀의 작가 스텟은 A급이었고 쓰는 작품들도 A급 또는 B급이었다.

"확실히 그렇군요. 그렇다면 정정하겠습니다. 작가님을 세계적인 작가로 만들어 드리겠습니다."

"로맨스 장르도 지도해 줄 수 있다는 말씀이세요?"

예리는 다소 놀란 얼굴이었다.

판타지와 로맨스 사이에는 보이지 않는 벽이 존재해서 두 장르의 작품을 쓰는 작가는 분명 있지만 많지는 않았다.

"기사 이야기가 로맨스 판타지에 가깝다는 것을 잊으셨나 보군요."

규현의 말에 예리는 잠깐 멍하니 있다가 이내 고개를 끄덕였다.

기사 이야기를 생각하면 충분히 가능할 것 같기도 했다.

기사 이야기는 판타지였지만 로맨스 요소가 꽤 많이 첨가된 판타지계의 이단 같은 존재였고 소수는 기사 이야기의 장르가 로맨스 판타지라고 말했다. 그래서 여성 독자도 꽤 많았다.

"어때요? 확신이 들어요?"

"네. 제가 어떤 선택을 해야 하는지 알 것 같네요."

그녀는 펜을 집어 들어 2개의 계약서에 각각 사인을 했다.

규현이 써야 할 내용은 이미 적혀 있었기 때문에 그녀가 사인을 하는 것으로 계약서가 완성되었다.

"앞으로 잘 부탁드립니다, 작가님."

규현과 예리는 의자에서 일어나 가볍게 악수를 했다.

"저야말로… 잘 부탁드립니다."

이로써 강예리 작가가 합류했다.

*   *   *

강예리 작가가 합류하자 사무실은 바쁘게 돌아갔다.

우선 규현은 아마존에 작품을 올려주겠다는 그녀와의 약속을 지키기 위해 미국 출판 사업자 라이선스를 취득하기 위해 움직였다.

규현은 미국으로 건너가 리퍼 세일 감독의 지인에게서 도움을 받았다.

그의 도움으로 절차를 밟은 뒤 미국 출판 사업자 라이선스를 취득할 수 있었다. 다행히 중국과는 달리 절차가 복잡하지 않았다.

"출판 사업자 라이선스를 성공적으로 취득했습니다."

미국 출판 사업자 라이선스를 취득한 당일, 정기회의에서 규현은 밝은 목소리로 취득 소식을 전달했다.

"축하드립니다."

"축하해요!"

직원들이 축하 인사를 건넸다.

"감사합니다. 이제 우리 회사도 한 걸음 앞으로 전진할 수 있게 되었습니다."

규현의 말이 끝나기 무섭게 직원들이 짧게 박수를 쳤다. 규현은 손을 살짝 들어 박수를 멈춘 후, 칠흑팔검을 향해 시선을 옮겼다.

"칠흑팔검 작가님, 현재 로맨스 작가들은 몇 명이나 합류하였나요?"

"여기 명단을 정리했습니다."

칠흑팔검이 규현에게 명단을 건넸다.

규현이 처음 명단에서 가지치기를 했지만 접촉해야 할 로맨스 작가들이 하은 혼자서 소화하기엔 많았기 때문에 칠흑팔검도 맡게 되었다.

"생각보다 이번에 계약한 작가의 수가 적네요?"

"네. 아무래도 저희를 로맨스 불모지라고 생각하는 것 같습니다."

"아무래도 그럴 수밖에 없겠죠. 저희가 쪽지와 메일을 보냈을 때만 해도 강예리 작가가 가람과 계약했다는 사실을 아무도 몰랐을 테니까요."

그때만 해도 예리가 가람과 계약했다는 게 알려지지 않았을 때였다.

하지만 지금은 예리와 계약을 했고 그녀도 차기작 집필 준비에 돌입했으니 규현이 도움만 준다면 꽤나 괜찮은 작품이 나올 것이다.

그녀의 작품이 가람에서 출간된다면 계약을 두고 저울질하던 로맨스 작가들 중 일부가 계약 의사를 밝힐 것이다.

"마지막으로 매출과 신규 이용자 유입률을 확인해 볼게요. 하은 씨?"

"네."

하은이 노트북을 조작하자 화면에 매출 및 신규 유입 현황이 표시되었다.

"여전히 오르고 있네요."

"잠시 주춤한 것 같지만 다시 상승세입니다."

석규의 말에 하은이 설명했다.

규현은 고개를 끄덕이며 커피를 마셨다.

종이컵을 비운 그는 옆에 보이는 휴지통에 그것을 던져 넣었다.

"판무는 확실히 자리 잡은 것 같습니다만… 문제는 로맨스네요."

규현이 말했다. 가까운 자리에 앉아 있는 칠흑팔검은 고개를 끄덕였다.

"로맨스는 확실히 문제고 판무도 자리가 잡힌 건 사실이지만 경쟁력을 확보하기 위해선 외부 작가의 작품도 독점 계약을 진행할 필요가 있다고 생각합니다."

칠흑팔검의 말에 다들 고개를 끄덕였다.

가람 작가들이 뛰어나긴 하지만 수는 많지 않았다. 그래서 물량으로 밀어붙이는 북페이지에 비해 매출이 상당히 부족할 수밖에 없었다. 경쟁력을 확보하기 위해서는 좀 더 많은 작가의 작품을 론칭할 필요가 있었다.

"판무는 일단 나중에 이야기하죠. 일단 급한 건 로맨스입니다."

"네, 확실히 로맨스가 급하긴 합니다. 최소한의 작품이 확보되어야 이용자들이 모여들 겁니다."

"그럼 우선 로맨스 전문 출판사나 매니지먼트에 연락을 해서 독점 계약 의사가 있는 작가를 찾아보세요."

타 출판사나 매니지먼트를 끼고 있는 상태에서 가람북에 독점으로 서비스한다면 출판사 또는 매니지먼트와 나눠 먹게 되겠지만, 그럼에도 불구하고 독점 계약이다 보니 작가에게 유리한 게 많았다.

"네, 그렇게 하도록 하겠습니다."

"좋습니다. 그리고 상현아."

"네, 형."

조금 떨어진 곳에 앉아 있는 상현이 대답했다. 규현은 그를 보며 천천히 입을 열었다.

"우리 가람에서 로맨스 소설을 낼 생각이 있는 작가들이 있는지 알아봐 줘. 일단 지금 사무실에 있는 작가들에게는 내가 물어볼게."

"네, 그렇게 할게요."

상현의 대답에 규현은 고개를 끄덕였다. 회의 안건은 대충 다 처리된 것 같았다.

"그럼 오늘 회의는 여기까지 하겠습니다."

회의가 끝나고 모두 회의실에서 나왔다.

규현은 로맨스 소설을 쓸 생각이 있는 작가를 찾아보기 위해 사무실을 훑었지만 오늘따라 작가들이 다 퇴근하고 없었다. 그나마 자리를 지키고 있는 작가는 현지뿐이었다.

칠흑팔검은 작가이면서 가람의 직원이었기 때문에 회의에 참석하느라 당연히 퇴근하지 않았다.

규현의 시선이 현지에게 향했다.

"현지야."

"네, 오빠."

현지가 두 눈을 반짝이며 고개를 들어 규현을 보았다.

"로맨스 소설 써볼 생각 있어?"

"로맨스 소설이요?"

"응, 로맨스 소설."

규현의 제안에 현지는 잠시 고민했다.

현지는 여자였지만 로맨스 소설에 익숙하지 않았다. 다른 여자들이 로맨스 소설을 볼 때 그녀는 판타지 소설을 읽고 썼다. 그래서 다소 낯선 장르였다.

규현도 현지가 로맨스 장르에 익숙하지 않다는 것을 알고 있었지만 그는 그녀의 작가 스탯을 믿었다.

그녀의 작가 스탯은 높았고 충분히 로맨스에서도 능력을 발휘할 것이라 생각했다. 물론 바로 능력을 발휘하진 못할 것이다. 하지만 잘 지도해 주면 분명 괜찮은 효율을 보일 것이라 생각했다.

"한번 써볼게요!"

규현이 자신을 믿어주는 게 느껴졌다. 현지는 자신감 넘치는 목소리로 대답했고 규현은 입가에 희미한 미소를 머금었다.

46장

1세대 I

　강예리 작가는 사무실에서 글을 쓰고 싶다고 희망했다.

　때마침 먹는 남자 작가가 사정이 생기는 바람에 사무실 출근이 불가능하게 되면서 그의 자리를 예리가 쓰게 되었다.

　"안녕하세요."

　사무실 문이 열리며 예리가 들어왔다.

　그녀는 밝은 목소리로 인사를 하며 자신의 자리로 찾아가 앉았다.

　원래 먹는 남자가 썼던 그녀의 자리는 지석과 석규의 사이였다.

"사무실에 여성 작가님이 오시니까 분위기가 확 달라지네요!"

"저는 여성 작가가 아닌가 봐요?"

지석의 말에 현지가 날카롭게 반응했다. 그녀는 지석을 지그시 노려보았다.

"아… 그러고 보니 마감이 얼마 안 남았네요."

지석은 애써 현지의 시선을 피하며 노트북 전원을 켰다. 그러고는 문서 작성 프로그램을 켜서 원고 작업을 서둘렀다.

키보드 노트북을 열심히 두드리며 원고 작업에 열중하는 지석의 모습에 현지도 날카로운 시선을 거두었다.

그 둘을 바라보던 다른 직원들과 작가들도 시선을 거두고 각자 일을 하기 시작했다. 금세 사무실은 노트북 키보드 두드리는 소리와 가끔 직원들이나 작가들이 탕비실을 왕복하는 소리만 들릴 뿐이었다.

지석은 옆에 예리가 있어 설레는지 계속 그녀를 힐끔거리느라 시간이 지날수록 키보드를 두드리는 속도가 줄어들었다.

"생각해 봤는데… 지석 씨가 현지와 자리를 바꾸는 게 좋을 것 같아요."

"예?"

"자리를 바꿔요?"

규현의 갑작스러운 말에 지석과 현지가 깜짝 놀랐다.

지석은 규현의 말에 부정적인 반응을 보였다. 지석은 예리의 옆에서 떠나기 싫어서 그랬고 현지는 규현에게서 멀어지기 싫어서 그랬다.

"특별한 이유라도 있어요?"

지석이 조심스럽게 이유를 물었다.

납득할 만한 이유가 없으면 자리를 바꾸지 않겠다는 굳은 의지가 느껴졌다.

"네. 아무래도 현지가 로맨스를 쓰기로 했으니 강예리 작가님 옆에 있는 게 더 도움이 될 것 같아요."

이제 가람도 로맨스 작가들을 영입했으니 규현도 로맨스 시장 구조에 대한 공부와 분석을 해야 했다.

현지 또한 속성으로 독학한다고 해도 오랜 경험에서 우러나오는 조언이 필요했기 때문에 현지는 예리 옆으로 이동하는 게 더 도움이 될 것이라 생각했다.

"네, 지금 옮기겠습니다."

규현의 말한 이유는 충분히 납득할 만했기 때문에 지석은 더 이상 고집부리지 않고 순순히 책상을 정리하기 시작했다.

현지는 망설였지만 지석이 책상을 정리하기 시작하자 자리를 옮길 준비를 서둘렀다.

"강예리 작가님, 현지 잘 부탁합니다."

두 사람의 자리 이동이 끝나자 규현은 예리를 보며 현지를 부탁했다.

예리는 입가에 미소를 머금은 채 고개를 끄덕이며 입을 열었다.

"네, 걱정 마세요."

예리의 대답에 규현은 만족스러운 표정으로 고개를 끄덕였다.

현지는 아직 로맨스 소설에 대한 기초가 부족했지만 예리가 옆에서 잘 도와줄 것이라고 생각되었다. 그녀를 영입한 것은 좋은 선택이었다.

"언니, 질문 있어요."

붙임성이 좋은 현지는 만난 지 몇 시간 되지 않은 예리를 언니라고 부르며 잘 따랐다.

그런 그녀가 예리도 싫지 않았는지 미소를 지으며 현지가 묻는 것에 하나하나 답해주었다.

현지와 예리의 모습을 지켜보며 규현은 흡족한 듯 미소를 지었다.

현지가 성장하는 게 느껴지는 것 같았다.

그녀의 작가 스탯은 A였으니, 방향만 잘 잡아준다면 최소 C급 이상의 작품을 만들어낼 수 있었다.

게다가 유명세도 있으니 B급 이상 작품이 나올 확률이 높았다.

"대표님."

현지와 예리의 모습을 지켜보던 규현은 귀환 영웅 원고 작업이 조금 밀려 있다는 것을 뒤늦게 깨닫고 원고 작업에 집중하기 위해 노트북 키보드 위로 손을 가져갔다.

그 순간 멀지 않은 곳에 앉아 있는 칠흑팔검이 조심스럽게 규현을 불렀다.

"네, 말씀하세요."

"실은 차기작 관련해서 여쭤볼 게 있습니다."

"어떤 건가요?"

규현은 노트북 키보드에서 손을 떼고 칠흑팔검에게 집중했다.

"아무래도 주인공이 황군이면 독자들이 싫어할까요?"

"싫어할 수도 있죠."

"역시 그렇겠죠? 황군이면 상관이 있다는 건데… 요즘 독자들은 누군가 주인공보다 위에 있는 것을 상당히 싫어하니까요."

칠흑팔검은 표정 변화 없는 얼굴로 고개를 끄덕였다.

"처음 시작은 황군으로 하는 것도 나쁘지는 않을 것 같아요. 다만, 계속 황군에 몸을 담고 있는 게 아니라… 모종의 이유로 황군을 나와 떠도는 거죠. 제 기억이 정확하다면 차기작 낭인 무사에 대한 이야기였죠?"

"네. 다만 제가 궁금한 것은 시작을 황군으로 해도 되느냐입니다. 워낙 독자들이 명령받는 걸 싫어하니 프롤로그에서라도 명령받는 장면이 나오면 거부 반응을 일으킬 것 같아서요."

"하지만 황군으로 하면 왠지 복수 설정을 만들기 좋을 것 같은데요? 복선도 깔기 좋고."

규현의 말에 칠흑팔검도 동의하는 얼굴로 고개를 끄덕였다.

황실만큼이나 위험한 음모가 도사리는 곳도 없다. 주인공이 황군이라면 이 음모에 휘말려서 황군에서 탈주하게 하는 것도 좋은 방법이라고 생각했다.

흔히 말하는 발암 전개라고도 할 수 있는 부분이었지만 규현은 칠흑팔검이 발암 요소가 드러나지 않게 잘 쓸 수 있다고 생각했다.

"지금 설정 어느 정도 만들었어요?"

"거의 기초 설정 수준입니다. 시놉시스는 아직 쓰기 전입니다."

칠흑팔검의 대답에 규현은 턱을 긁적였다. 아직 준비 단계인 것 같았다.

"그렇다면 황군인 경우와 다른 직업인 경우. 두 가지를 써서 제게 보내주세요. 읽어보겠습니다."

"감사합니다."

칠흑팔검은 고개를 살짝 숙이는 것으로 감사를 표했다.

며칠 뒤 칠흑팔검은 약속대로 규현에게 두 개의 프롤로그를 보내주었다.

마침 규현은 사무실이었기 때문에 칠흑팔검이 메일을 보내기 무섭게 바로 확인할 수 있었다.

"어라?"

*   *   *

문학 왕국에 비밀 글로 올리기 전에 한번 읽기 위해 문서 파일에 마우스를 가져간 순간이었다. 규현의 눈에 익숙한 뭔가가 보였다.

[칠흑 낭인 1번]
분류: 무협.
종합 등급: A.

예상 흥행: 국내 A.

　지금까지 봤던 스탯창과 비슷하지만 묘하게 달랐다. 예상 구매 수가 보이지 않았고 대신 예상 흥행이라는 처음 보는 항목이 있었다.

　'문학 왕국으로 확인해 보자.'

　혹시나 싶은 마음에 문학 왕국에 비밀 글로 올려서 스탯을 확인해 보았는데, 이건 또 그대로였다. 북페이지에도 해 봤으나 역시 그대로였다.

　몇 번의 확인을 거친 결과 규현은 문서 파일만 보고도 스탯을 볼 수 있는 수준으로 능력이 발전한 것 같다는 결론을 내릴 수 있었다. 원래 문서 파일로는 스탯 확인이 불가능했었다.

　'1번은 확인했으니 2번을 확인해 보자.'

　조금 당황하긴 했지만 이미 스탯창에 익숙해져 있었던 규현은 금방 적응할 수 있었다.

　그는 침착하게 칠흑팔검이 보낸 2개의 문서 파일 중 2번째 것에 마우스를 가져갔다.

[칠흑 낭인 2번]
분류: 무협.

종합 등급: A.

예상 흥행: 국내 B.

종합 등급은 동일했지만 예상 흥행이 국내 B로 한 단계 낮았다.

1번은 황군 루트였고 2번은 암살자 루트였다.

이것으로 황군 루트가 더 흥행할 것이라는 게 확실해졌지만 감상평을 말해주기 위해서는 일단 읽어봐야 하기 때문에 규현은 1번과 2번을 다시 읽고 칠흑팔검에게 그럴듯한 감상을 말해주었다.

"그렇다면 역시 황군으로 하겠습니다."

"그게 좋을 것 같네요. 복수 떡밥 뿌리기도 좋은 것 같고……."

"네, 아무래도 그럴 것 같네요."

칠흑팔검과의 대화를 끝낸 규현은 귀환 영웅 원고 작업을 하기 위해 폴더를 열었다.

그리고 그 순간 귀환 영웅의 예상 흥행은 어느 정도일지 궁금해져서 스탯을 확인했다.

[귀환 영웅]

분류: 판타지.

종합 등급: S.

예상 흥행: 국내 S / 해외 C.

＊　　　　＊　　　　＊

'뭐야……'

스탯을 확인한 규현은 크게 실망했다.

국내 흥행은 매우 높지만 해외는 고작 C급에 불과했다.

혹시나 하는 마음에 최후의 흑마법사의 스탯도 확인했다.

최후의 흑마법사는 해외 예상 흥행이 D급으로 더욱 낮았다.

규현은 흥행했다고 생각했음에도 불구하고 말이다.

"역시 세계는 넓네."

규현은 혼잣말을 중얼거렸다.

국내 시장과 세계 시장의 규모 자체가 다르다 보니 이런 결과가 나온 것 같았다.

"강예리 작가님, 신작 준비는 잘되어가시나요?"

규현의 물음에 열심히 노트북 키보드를 두드리고 있던 예리의 손이 멈췄다.

그녀는 규현을 보며 입을 열었다.

"네, 프롤로그 적고 있어요."

"프롤로그를 쓰는 즉시 제게 보내주세요. 한번 검토해 보 겠습니다."

"다 쓰면 바로 보내 드릴게요."

1시간 정도의 시간이 지나고 예리는 프롤로그 작성을 끝 마치자 잠시 자리에서 일어나 몸을 풀었다.

"대표님, 지금 보내드릴게요."

"부탁합니다."

그녀는 바로 규현에게 프롤로그를 보냈다.

메일이 도착한 것을 확인한 규현은 첨부 파일을 열고 문 서 파일을 다운로드했다. 그리고 스탯을 확인했다.

[적월의 꽃]

분류: 로맨스.

종합 등급: A.

예상 흥행: 국내 B / 해외 E.

스탯을 확인한 규현은 눈살을 찌푸렸다.

문서 파일을 가지고 있는 다른 작품들의 스탯을 확인해 본 결과, 보통은 국내 예상 흥행이 종합 등급의 2단계 아래로는 내려가지 않았다.

그리고 아주 희귀하게 종합 등급보다 한 단계 국내 예상 흥행이 높은 경우도 있었다.

적월의 꽃은 발전 가능성이 있었다.

"조금만 수정해 주세요."

"문제가 있나요?"

예리가 질문했다.

원고가 반려당한 작가가 할 수 있는 당연한 질문이었지만 규현은 조금 당황할 수밖에 없었다.

아직 로맨스에 대해서 많은 것을 알지 못해서 그런지 그녀가 쓴 프롤로그를 읽었을 때 크게 문제점을 느끼지 못했기 때문이었다.

유일한 근거는 스탯창뿐이었는데 이건 그녀에게 보여줄 수도 없고 말할 수도 없었다. 말하면 분명 미친놈 취급받을 것이다.

"개연성이 조금 부족한 것 같습니다. 조금만 수정하면 될 것 같아요."

결국 규현이 꺼낸 카드는 작가들이 독자에게 제일 많은 태클을 당한다는 개연성 문제였다.

"…그렇군요. 생각해 보니까 읽는 사람에 따라서 개연성이 부족하다고 느낄 수도 있을 것 같네요. 수정하도록 하죠."

다행히 그의 변명은 먹혀들었다.

규현은 귀환 영웅 원고 작업을 잠시 미뤄두고 로맨스 시장 조사에 박차를 가했다.

"형, 지금 큰일 났어요!"

"갑자기 무슨 일이야?"

조용하던 상현이 갑자기 큰일이라며 호들갑을 떨었다.

큰일이라는 말에 규현은 깜짝 놀라 질문했다. 상현은 규현을 보며 입을 열었다.

"빨리 북페이지 확인해 보세요."

상현의 말에 규현은 북페이지에 들어갔다. 그리고 정현도 작가와 김상균 작가의 배너 위에 걸려 있는 또 하나의 새로운 배너를 확인할 수 있었다.

"맙소사… 도대체 무슨 짓을 한 거야……."

규현은 믿을 수 없다는 표정으로 고개를 저었다.

있을 수 없었다.

믿기 힘든 일이 벌어졌다.

그가 돌아왔다.

*   *   *

"설마 한대진 작가가 돌아올 줄은……."

"저도 몰랐어요. 분명 베르샤 영웅전기를 마지막으로 글을 그만 쓴다고 선언했던 것 같은데……."

규현의 혼잣말을 들은 상현이 고개를 끄덕이며 말했다.

한대진 작가, 그는 1세대 판타지 소설 작가로 정현도 작가와 김상균 작가만큼 유명하진 않았지만 나름 이름 있는 작가였다.

오히려 얼마 전까지 활동했던 1세대 작가인 이상진 작가보다도 더 유명했다.

"베르샤 영웅전기의 작가님이 돌아오셨다는 건가요?"

조용히 앉아서 글을 쓰고 있던 지석이 규현과 상현의 대화를 듣고 끼어들었다.

규현은 고개를 끄덕이며 입을 열었다.

"네. 북페이지에 '독점'으로 베르샤 영웅전기 2부를 공개할 예정이라는군요."

"크게 신경 쓸 필요 없지 않습니까? 한대진 작가님은 1세대 판타지 소설 작가지만 정현도 작가님이나 김상균 작가님과는 다르잖아요."

지석은 걱정할 필요 없다고 생각하는 것 같았지만 규현의 생각은 달랐다.

"작가님, 분명 한대진 작가님은 김상균 작가님이나 정현도 작가님에 비하면 여러 모로 부족하지만 그래도 1세대 판타지 작가입니다. 그 파급력은 무시할 수 없어요."

상진과 직접적으로 맞붙은 적이 있는 규현은 1세대 판타지 작가가 가지는 엄청난 파급력을 직접 경험했기 때문에 잘 알고 있었다.

1세대 작가들에게는 맹목적으로 그들을 추종하는 광팬들이 있다.

그들은 맹목적으로 1세대 작가들을 추종하고 따랐다.

그래서 그들의 구매력은 무시하지 못할 수준이기 때문에 1세대 작가인 대진을 영입했다는 사실 하나만으로도 북페이지의 매출이 상당히 오를 게 뻔했다.

현도와 상균까지 있는 상황에서 대진까지 합류했으니 북페이지는 연쇄적인 매출 상승효과를 기대하고 있을 것이다.

"방금 나이버에 북페이지에 대해 검색했는데… 1세대 부활의 일등 공신으로 추앙받고 있네요."

지석과 규현이 짧은 대화를 나누는 사이 인터넷으로 북페이지에 대해 검색해 본 칠흑팔검이 보고했다.

규현은 한숨을 쉬고는 칠흑팔검을 보며 입을 열었다.

"그럴 수밖에 없죠. 집필을 중단했던 1세대 판타지 작가들이 돌아왔으니… 1세대를 기억하는 독자들은 좋아할 수밖에 없죠."

과거에 활동했던 1세대 작가 대부분이 글 쓰는 것을 멈췄다.

그나마 상진이 비교적 최근까지 연재를 했지만 규현에게 괜히 공격을 시도하다가 무너져 버리면서 1세대 작가 거의 대부분이 쉬고 있는 상황이 되었다.

그런데 북페이지가 1세대 작가들을 다시 불러들였다.

그러니 1세대 판타지 소설을 그리워하는 독자들은 반가워할 수밖에 없었다.

"이러다가 최진서 작가님이나 김병규 작가님도 북페이지에서 신작을 공개할까 봐 걱정이 됩니다."

칠흑팔검이 우려했다.

북페이지가 돈이 얼마나 많은지는 알 수 없지만 1세대 작가들의 복귀를 기획하고 있다면 최진서 작가와 김병규 작가의 복귀도 고려해야만 했다.

상황을 좀 더 지켜봐야겠지만 한대진 작가는 분명 가람북에 악영향을 가져올 것이다.

그런 시점에서 진서와 병규도 북페이지에 독점으로 작품을 공개한다면 가람북이 유리하게 이끌어가던 판무 시장을 넘겨줘야 하는 상황이 오게 될 수도 있었다.

"긴급회의라도 해야 하는 거 아니에요?"

"일단 며칠 동안 매출을 확인하고 생각해 보자."

긴급회의를 열어야 하는 거 아니냐는 상현의 말에 규현은 우선 지켜보자고 말했다.

모두 규현의 말대로 며칠을 기다려 보기로 했다.

47장

1세대II

　며칠의 시간이 흘렀고 규현은 하은에게서 그동안의 매출을 한 번에 보고 받았다.

　"아무래도 긴급회의 한번 해야 할 것 같습니다."

　대진의 독점 작품 공개 예고가 배너로 올라온 날을 시작으로 가람북의 매출이 하락하지는 않았지만 상승 폭이 대폭 줄었기 때문에 규현은 눈살을 찌푸렸다.

　"30분 후에 회의하도록 하죠."

　결국 규현은 정기회의가 있음에도 불구하고 긴급회의를 소집했다. 작가를 제외한 가람 직원이 모두 회의실에 모인 것을 확인한 규현은 하은에게 시선을 보냈다.

규현의 시선을 받은 하은은 노트북을 조작해 스크린에 화면을 띄웠다.

화면에는 며칠 동안의 가람북 매출을 분석한 문서가 보였다.

"보시면 아시겠지만 매출 상승 폭이 크게 하락했습니다."

규현이 레이저로 일일이 지목해 가면서 설명했다. 심각한 분위기 속에서 직원들은 입을 닫고 화면에 집중했다.

"아마도 북페이지에서 한대진 작가의 작품을 독점으로 공개한 게 기존의 김상균 작가와 정현도 작가의 작품과 함께 연쇄 효과를 불러일으킨 것 같습니다."

규현은 말을 잠시 멈추고 하은에게 신호를 보냈다. 그녀는 마우스를 움직여 문서를 다음 페이지로 넘겼다.

페이지를 넘기자 이번에는 북페이지 메인을 캡처한 이미지가 나타났다.

메인 배너에는 현도와 상균의 신작이 걸려 있었고, 그 위에 대진의 신작 독점 공개가 얼마 남지 않았다는 내용의 배너가 있었다.

"이대로 가면 판무 시장에서 우리가 상당히 불리한 위치에 설 수밖에 없습니다. 그러면 여러 가지로 곤란해집니다. 특히 지금 나이버 스토어가 가만히 있기는 하지만 언제 돌

변할지 모르기 때문에 준비를 해야 합니다."

"확실히. 그렇습니다. 강예리 작가님과 로맨스 작가님들이
계시니 로맨스도 진출해야 할 텐데, 판무 시장을 장악한 상
태에서 진출하면 아무래도 유리하겠죠."

규현의 말에 칠흑팔검이 동조했다.

"나이버 스토어는 확실히 경계할 필요가 있죠. 본격적으
로 움직이진 않고 있지만 조심해야 합니다."

하은이 말했다.

나이버 스토어는 국민 포털 사이트 나이버에서 서비스하
고 있기 때문에 가람북은 물론이고 북페이지보다도 규모가
훨씬 컸다. 그런데 무슨 이유인지는 모르겠지만 경쟁이 과
열되는 지금 시점에서도 이렇다 할 움직임을 보이지 않고
있었다.

"어쩌면 어부지리를 노리는 것일 수도 있죠."

"그럴지도 모르겠네요."

칠흑팔검의 추측에 상현이 힘을 실었다. 다들 동의하는
것인지 고개를 끄덕였다.

"굳이 저희와 북페이지의 과열된 경쟁에 끼어들어 혼란을
야기하여 힘을 빼는 것보단 누군가 이기길 기다렸다가 힘이
빠진 승자를 치는 게 효율적이니까요."

칠흑팔검이 보충 설명을 했다.

"나이버 스토어도 경계해야 하지만 우선은 북페이지부터 어떻게 해야 하는 거 아닌가요? 대놓고 싸움을 걸어왔는데……"

가만히 있던 석규가 의견을 말했다.

"그래서 저희도 늦었지만 1세대 판타지 작가의 작품을 독점 공개 하려고 합니다."

"1세대 작가들과 계약을 하려고 하십니까? 남아 있는 작가가 있어요?"

일도가 부정적인 반응을 보였지만 규현은 흔들리지 않았다. 그는 종이컵 안의 식은 커피를 단숨에 비우며 입을 열었다.

"아직 몇 명 남아 있습니다. 그중에서도 최진서 작가와 김병규 작가가 가장 우리와 계약할 가능성이 높습니다."

가능성이 높다고는 말했지만 상대적인 것이었다. 지금까지 작품 활동을 쉬고 있는 만큼 쉽게 다시 글을 쓰려고 하지 않을 것이다.

"대표님께서 직접 움직이실 겁니까?"

"네. 저와 칠흑팔검 작가님이 직접 그분들을 뵙고 계약할 생각입니다."

석규의 물음에 규현이 대답했다.

"대략적인 틀이 잡혔으니, 상세히 논의하도록 하겠습니다."

규현이 말했다.

전체적인 방향성이 제시되었다. 이제 구체적인 것을 논의할 차례였다.

회의는 1시간 동안 이어졌다.

회의가 끝났을 땐 막힌 것만 같았던 길을 조금 뚫을 수 있었다.

회의실에서 나온 직원들이 각자의 자리에 앉았고 하은은 궁금해하는 작가들에게 회의 내용을 전달했다.

규현은 1차 목표인 최진서 작가와 접촉하기 위해 그의 작품을 마지막으로 출간한 출판사에 전화를 했다. 다짜고짜 연락처를 알려달라고 하는 것은 실례였기 때문에 소속과 이름을 밝힌 뒤 정중하게 몇 마디 말을 전달해 달라고만 했다.

─그 정도는 어렵지 않습니다. 최진서 작가님에게 전달하겠습니다.

"감사합니다."

출판사 직원은 규현이 부탁한 말과 연락처를 최진서 작가에게 전달해 주겠다고 확답을 했다. 전화 통화를 끊은 규현은 김병규 작가와도 접촉하기 위해 같은 방법을 썼지만 먼저 연락이 온 쪽은 최진서 작가였다.

─정규현 작가인가? 그래, 나한테 할 말이 있다고 하던

데… 그게 뭐지?

초면부터 반말을 하는 진서의 행동에 규현은 상진을 떠올렸다.

"실은 작가님에게 한 가지 제안을 하고 싶어서 연락처를 전해달라고 했습니다."

초면에 반말을 한다고 해서 모두 적으로 규정하면 인생은 상당히 피곤해지기 때문에 규현은 기분이 조금 나빠도 차분하게 말했다.

아쉬운 건 규현이었기 때문에 왜 반말을 하냐고 따진다는 선택지는 존재하지 않았다.

─제안이라……. 독점 계약 제안인 것 같은데… 맞지?

"그렇습니다. 날카로우시네요."

─그야 북페이지에서도 똑같은 제안을 받았으니까 그렇지.

진서의 설명에 규현은 조금 당황했다.

'벌써 북페이지에서 제안이 간 건가?'

잠깐 당황했지만 그는 곧 침착해질 수 있었다. 생각해 보면 북페이지의 접촉은 당연한 것이었다.

"실례가 되지 않는다면 한번 뵐 수 있을까요? 아무래도 계약서를 직접 보시는 게 이야기가 빠를 것 같습니다."

─뭐, 그것도 나쁘지 않겠지. 그럼 내가 문자메시지로 주

소를 보내줄 테니, 지금 당장 와.

"지금 당장이요?"

―그래. 내일 당장 결정할 생각이거든.

"알겠습니다. 문자메시지 보내주시죠."

규현이 전화 통화를 끝내기 무섭게 진서에게서 주소가 적힌 문자메시지가 도착했다. 다행히 사무실에서 멀리 떨어지지 않는 곳에 위치하고 있었다.

"잠시 최진서 작가님 좀 만나고 올게요. 칠흑팔검 작가님, 준비해 주세요."

"네."

"형, 이야기가 잘된 거예요?"

"아직은 잘 모르겠다."

상현의 물음에도 규현은 긍정적인 대답을 할 수가 없었다. 북페이지가 먼저 접촉한 이상 그들보다 더 좋은 조건을 제시해야 했는데 솔직히 자신이 없었다.

1세대 판타지 작가들은 대부분 돈을 충분히 벌었기 때문에 돈에 관심이 없는 경우가 많았다. 그런 그들 중 3명이나 신작을 쓰게 만든 북페이지가 솔직히 두려웠다.

"하은 씨, 지금 회사 자금 사정으로 한 번에 계약금을 얼마까지 동원할 수 있습니까?"

규현은 본능적으로 진서가 다른 1세대 판타지 작가와는

달리 돈을 최우선적으로 생각한다는 것을 알 수 있었다. 짧은 대화였지만 북페이지를 언급하는 것으로 계약 조건을 올리려하는 모습을 보아 충분히 알 수 있었다.

"2,000만 원 정도가 한계입니다. 마케팅 비용이 생각보다 커서 더 동원할 수는 없습니다."

"그렇군요. 감사합니다."

하은을 보며 규현은 고개를 끄덕이며 대답했다. 계약금 2,000만 원으로는 작가가 움직일 리 없으니, 자비를 조금 쓸 생각이었다. 하지만 결코 많이 쓸 생각은 없었다.

그의 차기작을 가람북에서 독점 공개 하면 분명 매출에 도움이 되겠지만 그렇게 되지 않더라도 충분히 북페이지를 이길 자신이 있었다. 물론 그 과정이 조금 힘들어지겠지만.

"준비가 끝났습니다."

칠흑팔검이 준비를 끝냈다.

"제 차로 이동하죠."

두 사람은 규현의 차로 진서의 집으로 향했다. 그렇게 멀지 않았기 때문에 금방 도착할 수 있었다.

진서의 집은 제법 큰 단독주택이었다. 규현이 초인종을 누르자 가사 도우미로 추정되는 여성의 목소리와 함께 문이 열렸고 두 사람은 정원을 지나 집 안으로 들어갔다.

거실의 소파에 진서가 앉아 있었다. 그는 규현과 칠흑팔검이 온 것을 알고 있음에도 불구하고 보고 있던 신문을 접을 뿐 일어나지도 않았다.

그 모습에 규현은 성큼성큼 걸어가 진서에게 계약서를 건넸다.

"이게 뭐지?"

"계약서입니다. 확인해 보시죠."

진서는 계약서를 훑어보기 시작했다.

"계약금은?"

그의 질문에 규현은 계약금을 말해주었다.

그러자 액수를 들은 진서는 눈살을 찌푸렸다.

"북페이지에 비해 적은 것 같군."

진서는 계약서를 내려놓으며 고개를 저었다. 규현은 그가 내려놓은 계약서를 회수하며 미소와 함께 입을 열었다.

"그렇다면 저흰 가보겠습니다. 칠흑팔검 작가님, 이만 가는 게 좋을 것 같습니다."

"예?"

갑작스러운 규현의 행동에 칠흑팔검은 당황한 기색이 역력했지만 규현은 말없이 그를 데리고 진서의 집에서 나왔다.

"어째서 그러시는 겁니까?"

"전화로 할 때는 불확실했는데, 와서 직접 보니까 확실해졌어요. 그는 가람과 계약할 생각이 없습니다. 아니, 계약을 하더라도 가람이 많은 손해를 볼 정도로 높은 계약 조건을 요구할 확률이 높아요."

규현이 설명했다.

그가 확실히 느낄 수 있을 '정도로 진서의 태도는 좋지 않았다.

"아직 저희에겐 김병규 작가님이 있습니다."

"하지만 1세대 작가는 최소 2명 이상 모여야 저희도 뭔가 이름 있는 이벤트를 할 수 있지 않겠습니까?"

"한 명만 있어도 충분합니다. 북페이지의 전력을 뺏는 데 의의를 두죠."

그들은 별 소득 없이 사무실로 돌아왔지만 다음 날 오후에 김병규 작가에게서 연락을 받을 수 있었고, 이틀 후 그와 만날 수 있었다.

"뵙게 되어서 영광입니다. 설마 신성이라고 불리는 정규현 작가님이 직접 나오실 줄은 몰랐습니다. 칠흑팔검 작가님도 요즘 부쩍 유명해지셔서 많이 바쁘실 텐데… 유명한 작가 두 분이 저를 만나고자 이렇게 먼 길을 달려와 주시니 여러 생각이 드네요."

병규의 말에 규현과 칠흑팔검은 미소를 지었다.

병규는 부산에 거주하고 있었기 때문에 두 사람은 서울

에서 부산까지 움직여야 했다.

두 사람 다 장거리 운전에 미숙했고, 칠흑팔검은 기차 타는 것을 싫어했기 때문에 버스를 타고 내려가야 했다. 그리고 쌓인 피로를 풀 시간도 없이 병규를 만나야만 했다. 그래서 규현과 칠흑팔검은 피곤했지만 애써 내색하지 않았다.

병규는 과거 한창 글을 쓸 때 서울과 부산을 자주 왕복한 적이 있었기 때문에 그 마음을 잘 알고 있었다.

"특히 두 분은 써야 할 원고가 있는데도 이렇게 긴 시간을 저에게 할애해 주시니 정성은 충분히 와닿는 것 같습니다. 피곤하실 것 같으니, 바로 본론을 말씀해 주셔도 이해하겠습니다."

"북페이지에서 독점 계약 제안이 왔었죠?"

"네, 알고 계시네요."

병규의 말에 규현은 대답 대신 미소를 지었다.

북페이지는 이미 진서에게 계약 제안을 보냈다. 그렇다면 당연히 병규에게도 계약 제안을 했을 것이다. 다만, 그 둘을 제외한 다른 1세대 판타지 작가들에게 계약을 제안했을 가능성은 매우 낮았다.

남은 이들의 유명세는 현재 계약한 작가들과 비교했을 때 크게 부족하기 때문이었다.

"그 질문을 하시는 것을 보니 역시 제 예상이 맞는 것 같습니다."

"예, 그렇습니다. 북페이지와 같은 제안을 하러 왔습니다. 물론 조건은 다르겠지만요."

규현의 대답에 병규는 커피를 마실 뿐 아무런 말도 하지 않았다.

규현과 칠흑팔검도 말없이 그를 바라볼 뿐이었다. 침묵 속에서 카페의 소음만이 세 사람의 주변을 가득 메웠다.

"그럼 일단 계약 조건을 말씀해 주시겠습니까?"

병규가 말했다.

썩 내키지는 않지만 규현과 칠흑팔검이 먼 길을 왔으니 계약 조건 정도는 들어주는 게 예의라고 생각하고 있었다.

그의 말에 규현은 조건을 설명했다.

"북페이지보다 조금 부족하네요."

병규가 말했다.

북페이지의 조건을 정확하게 알 수는 없었지만 병규의 반응으로 봤을 때 계약 조건이 상당히 괜찮은 것 같았다. 규현은 이를 살짝 악물었다. 이번에도 놓치게 되나 싶어서 초조했다.

1세대 판타지 작가들 대부분은 작가 스탯도 높았고, 동일한 스탯을 가지고 있는 다른 작가보다 작품을 썼을 때 파급력의 정도가 더 컸다. 그래서 북페이지에 1세대 판타지 작가가 다수 모이는 것은 상당히 부담스러운 일이었다.

"초조하신가 보군요."

"아무래도 초조하지 않다면 거짓말이겠죠."

"제가 북페이지와 계약을 할 것 같아서 그렇습니까?"

"아무래도 북페이지를 생각하고 계신 게 아닙니까? 저희보다 조건이 좋으니까요."

병규가 다시 글을 쓸 생각이 있는지에 대해서는 알 수 없었다. 하지만 확실한 것은 글을 쓸 생각이 있다면 조건이 더 좋은 북페이지와 함께할 확률이 매우 높다는 것이다.

"아뇨. 저는 다시 글을 쓸 생각이 없습니다. 그러니 북페이지와 함께할 일도 없고 가람과 계약할 일도 없겠죠."

병규는 그렇게 말하며 커피를 마셨다.

완강한 그의 모습에 규현은 단순한 몸값 올리기를 위한 밀고 당기기가 아니라는 것을 알 수 있었다. 병규는 대부분의 1세대 판타지 작가처럼 행동하고 있었다.

병규는 이미 부와 명예를 모두 얻었고 창작 욕구도 충분히 분출했으니 굳이 글을 쓸 이유가 없었다. 어쩌면 차기작에 대한 부담감 때문일 수도 있었다.

과거에 썼던 작품들만큼 잘 쓸 자신이 없어서 글을 못 쓰는 걸 수도 있었다.

과거와 현재의 시장도 많이 달라졌으니 적응 기간이 필요할 것이다. 충분히 두려울 수도 있었다.

확실한 것은 평범한 1세대 판타지 작가 대부분이 다시 글 쓰는 것을 상당히 망설였고 김병규 작가 역시 마찬가지였다.

그의 모습에 규현은 새삼스럽게 현도와 상균, 그리고 대진과 진서마저 다시 글을 쓰게 만든 북페이지의 능력에 감탄했다.

"이유는 모르겠지만 작가님께서 글을 쓰지 않는다는 것은 판무 시장에 큰 손실이라고 생각됩니다."

잠깐의 침묵 이후, 규현이 다시 대화의 문을 열었다. 그의 말에 얼음만 남은 커피 잔을 내려다보고 있던 병규의 시선이 규현에게 향했다.

"큰 손실이요?"

"네, 여러 가지 면에서요."

"계속 말씀해 보세요."

흥미가 생겼는지 병규는 규현에게 계속 말해볼 것을 권했다.

규현은 입가에 미소를 머금었다. 완전히 끝났다고 생각한 대화를 다시 이어가게 되었다. 일단은 기회가 생긴 것이다.

"저도 작가님의 심정을 대충 이해하고 있습니다. 전작이 잘된 작가들은 부담감을 느끼겠지만 작가님은 한때 국내 최고의 위치까지 오르신 분들 중 하나이기 때문에 더할 것이라고 생각됩니다."

"부정하진 않겠습니다."

규현의 말이 사실이었기 때문에 병규는 부정하지 않았다.

"제 눈이 틀리지 않았다면 작가님은 분명 더욱 좋은 작품을 쓰실 수 있을 겁니다. 전작들에는 작가님의 재능이 충분히 발휘되지 않았어요."

"하지만 나는 전작들에도 최선을 다했어요. 마왕 크레이스만 해도 나의 모든 것을 쏟아부었습니다. 준비 기간만 해도 1년이 걸렸던 작품이죠."

마왕 크레이스는 병규의 대표작으로 부산으로 오기 전에 규현이 확인한 스탯은 A급이었다.

그는 마왕 크레이스 이상의 작품을 쓸 수 없다고 생각하고 있었지만 규현은 병규가 더 상업적이고 훌륭한 작품을 쓸 수 있다고 생각했다.

병규의 작가 스탯이 그 근거였다.

출발하기 전 규현은 병규의 작가 스탯과 작품들의 스탯을 모두 확인했었다. 그때 확인한 그의 작가 스탯은 S급이었다.

"하지만 작가님의 잠재력은 끝이 아닙니다. 더욱 발전할 가능성이 있습니다. 작가님의 작품들을 읽어본 저는 적어도 그렇게 생각합니다."

"마왕 크레이스를 읽어보신 건가요?"

"물론이죠. 다른 작품들도 읽어봤습니다."

작가를 만나기 전에 그 작가가 쓴 작품을 미리 읽어보는 것은 매우 중요했다. 작가는 자신의 작품을 읽었다는 이유만으로 상대방에게 작은 호감을 가지게 되기 때문이다.

이 작은 호감이 계약 여부를 가를 수도 있었다.

"그렇군요. 하지만 저는 여기가 한계인 것 같습니다. 마왕 크레이스 이후로 몇 번이나 신작을 쓰려고 노력했지만 뜻대로 되지 않았어요."

병규가 한탄했다.

"작가님은 아직 완전히 개발되지 않은 도시와 같아요. 그 상태에서 부담감이 더해지니 제대로 된 작품이 나오지 않을 수밖에 없죠."

"너무 띄워줘도 곤란합니다. 추락할 때 비참하니까요."

병규가 쓸쓸한 표정으로 말했다. 뭔가 아픈 과거가 있는 것 같았다. 규현은 속사정이 궁금했지만 일단은 참기로 했다.

"김병규 작가님, 저희 대표님을 한번 믿어보시죠."

규현이 잠시 말을 멈춘 사이에 침묵을 지키고 있던 칠흑팔검이 조심스럽게 끼어들었다.

그러자 병규의 시선이 칠흑팔검에게 향했다.

"업계에서 저희 대표님을 뭐라고 부르는지 아십니까?"

"…미다스의 손……."

미다스의 손.

규현의 손을 거친 비인기 작가들이 인기 작가로 거듭나는 모습을 본 업계 사람들이 그에게 붙여준 별명이었다.

"문학 왕국 100위에도 들어가지 못했던 작가들이 대표님 손을 거치고 50위권에서 놉니다. 극단적인 경우는 20위권에 든 경우도 있습니다. 저와 티미 작가만 해도 대표님을 만나고 나서 많이 발전했습니다."

칠흑팔검의 말에 병규는 고개를 살짝 숙이는 것으로 시선을 피했다.

규현에 대해서는 병규도 어느 정도 알고 있었다. 글을 쓰는 것은 쉬고 있었지만 언제라도 장르 문학계로 복귀하기 위해 시장을 주시하고 있었으니 모를 리가 없었다.

"가능성……."

병규의 눈동자가 흔들렸다.

규현의 별명은 익히 들어서 알고 있었지만 직접 듣게 되니, 자신도 가능할지 모른다는 생각에 마음이 흔들렸다.

"작가님, 제가 확실하게 장담할 수 있습니다. 마왕 크레이스를 뛰어넘는 작품을 쓸 수 있도록 전폭적으로 지원해 드리겠습니다."

"…일단 조금 생각해 봐야겠네요. 먼 길 오셨는데, 그냥 돌려보내는 것 같아서 죄송하지만 시간이 필요합니다."

병규는 시간이 필요하다고 말했다.

그에게는 중요한 문제였다. 규현의 말을 믿고 오랜만에 글을 썼다가 망하기라도 하면 기껏 쌓아놓은 명성이 무너지기 때문이었다.

그는 잃을 게 많았다. 그래서 베팅을 할 때 조심스러울 수밖에 없었다.

"이해합니다."

규현이 말했다.

규현도 병규처럼 글을 쓰는 작가였고 실제로 이런 상황을 겪어본 적도 있기 때문에 그의 심정을 충분히 이해하고 있었다.

"그래도 생각이 바뀌시면 여기로 연락 주시길 바랍니다."

규현은 지갑에서 명함을 꺼내 병규에게 건넸다.

명함을 받아 든 병규는 고개를 한 번 끄덕이더니 자신의 지갑에 규현의 명함을 집어넣었다.

"혹시라도 글을 다시 쓰게 된다면 가람과 함께할 것을 약속드리죠."

"감사합니다, 작가님."

병규와 헤어진 규현과 칠흑팔검은 그길로 고속버스에 올

라탔다.

두 사람을 태운 고속버스가 출발했고 칠흑팔검은 지루한 시간을 떼우기 위해 규현에게 말을 걸었다.

"수확은 있었던 것 같습니다, 대표님."

"저도 그렇게 생각합니다, 칠흑팔검 작가님."

의도했던 결과는 거두지 못했지만 수확이 전혀 없는 것은 아니었다.

여러 가지 불확실한 게 많긴 했지만 한 가지 확실한 것은 병규는 북페이지와 계약하지 않을 확률이 높다는 것이다.

우선 병규가 글을 쓸 확률 자체가 낮았고, 다시 쓰더라도 규현의 가람과 함께하기로 약속했다.

"최악의 경우는 김병규 작가님이 글을 다시 쓰면서 북페이지와 계약하는 것이지만 그럴 일은 없을 것 같습니다."

"네, 아마도 그럴 일은 없을 겁니다."

짧은 시간이었지만 규현이 봤을 때 병규는 거짓말을 하거나 약속을 어길 남자가 아니었다.

"한편으로는 작가님이 다시 글을 쓰면 좋겠지만 이대로 글 쓰는 것을 잠시 쉬고 계시는 것도 나쁘지는 않다고 생각됩니다."

칠흑팔검은 그렇게 말하며 의자 등받이에 몸을 기대었다.

"아마 김병규 작가님은 다시 글을 쓰실 겁니다."

"그럴까요?"

"그분의 눈동자에서 신작을 쓰고 싶다는 강한 열망을 엿보았습니다."

규현이 미소를 지었다. 칠흑팔검은 고개를 끄덕이며 입을 열었다.

"확실히 그런 느낌은 저도 받았습니다."

"문을 열고자 하는 의지는 있는데 지금까지 열쇠를 찾지 못한 것이죠."

말을 마치며 규현은 생수병을 입가로 가져가 물을 마셨다.

오랜 대화로 인해 건조해진 입을 촉촉하게 적신 그는 말을 이어가기 위해 차분하게 입을 열었다.

"그런데 제가 그 열쇠를 던져주었습니다."

규현은 미소를 지었다.

그가 던져준 열쇠.

병규는 그것을 확실하게 받았다. 이제 잠긴 문을 열쇠로 열기만 하면 되는데 그는 문을 열고자 하는 의지가 분명히 있었다.

"오래 걸리지는 않을 겁니다."

규현은 자신만만하게 말했다.

부산에서 서울까지 약 4시간이라는 긴 시간이 걸리지만 칠흑팔검과 나란히 앉아서 두런두런 이야기를 나누니 시간은 금방 흘러갔다.

긴 대화를 끝내고 잠시 눈을 붙이자, 얼마 지나지 않아서 어느새 서울에 도착했다.

"대표님, 수고 많으셨습니다."

"네, 작가님도 수고하셨습니다. 피곤하실 텐데 오늘은 푹 쉬시고 내일은 늦게 출근하셔도 됩니다."

"네, 알겠습니다."

푹 쉬라는 규현의 말에 칠흑팔검은 그렇게 대답했지만, 다음 날 아침, 규현이 출근하니 이른 시간임에도 불구하고 사무실을 지키고 있는 칠흑팔검의 모습을 볼 수 있었다.

"일찍 출근하셨네요."

"습관적으로 일찍 출근해 버렸습니다."

칠흑팔검은 미소를 지으며 대답했다.

규현도 그를 마주 보며 미소를 지은 뒤, 자리에 앉아 노트북을 켰다. 검은 사신 시즌 2의 에피소드 1 대본을 확인하고 답변을 줘야 했다.

어젯밤 11시쯤에 도착한 메일이었는데 그날 너무 피곤해서 미처 메일을 확인하지 못하고 잠들어 버렸다. 그때 한국은 늦은 밤이었지만 뉴욕은 오전이었다. 꽤 오랜 시간을 기다렸을 테니 서둘러 검토하고 답장을 보내줘야 했다.

"안녕하세요."

규현이 메일을 찾는 사이에 직원들이 출근하며 밝은 목소리로 인사했다.

"대표님, 귀환 영웅 쓰고 계신 건가요?"

"아뇨, 일단 검토하고 보내야 할 게 있어서 그것부터 처리하려고요."

규현은 칠흑팔검의 질문에 대답하며 메일을 열어 대본을 다운로드했다. 혹시나 대본에도 스탯이 보일까 싶어서 마우스 커서를 옮기니 스탯창이 떠올랐다.

[검은 사신 시즌 2 − 에피소드 1]
분류: 드라마 대본.
종합 등급: S.
예상 흥행: 국내 SS / 해외 S.

[존 케일스]
종합 등급: S.

에피소드 1의 스탯은 매우 좋았다. 드라마도 초반부가 가장 중요하기 때문에 에피소드 1과 2에는 실력 있는 메인 작가를 배치하는 경우가 많아서 규현도 어느 정도 예상했었다.

얼마 전 미국 출판 사업자 라이선스를 취득하기 위해 미국에 갔을 때 리퍼 세일 감독이 그에게 도움을 줬었다. 그때 그에게서 에피소드 1의 메인 작가인 존 케일스에 대한 말을 들을 수 있었다.

리퍼 세일은 존 케일스를 경험이 많은 작가라고 말했다. 실제로 그는 드라마 메인 작가를 맡을 때마다 중요한 에피소드를 맡아왔다. 검은 사신 시즌 1의 에피소드도 맡았는데 그가 맡은 에피소드는 긴장이 가장 최고조로 오르는 에피소드 9와 10이었다.

'딱히 고쳐야 할 건 없는 것 같으니 그냥 보내야겠다.'

존 케일스의 작가 스탯은 S급이었고 에피소드 1의 스탯도 S급이었다. 심지어 국내 예상 흥행은 SS급이었다.

스탯에서 말하는 국내는 규현이 기준이기 때문에 한국이었다. 즉 한국에 엄청난 흥행을 몰고 온다는 것인데, S급을 초월한 SS급이니 더 이상 뭔가를 고친다면 오히려 악영향을 가져올 수도 있었다.

[이대로 진행하면 될 것 같습니다. 절대로 고치지 마시고 이대로 진행하세요.]

규현은 메일을 이용해 짧지만 분명하게 의사를 전달했다. ABO 드라마 기획국에 메일을 보낸 그는 귀환 영웅을 쓰는 것에 집중했다.

"후우!"

점심을 먹고 다시 열심히 글을 쓰기 시작한 규현이 얼마 버티지 못하고 한숨을 쉬며 노트북 키보드를 두드리던 손을 멈췄다.

잠시 피로 회복제를 마시며 쉬고 있던 칠흑팔검의 시선이 규현에게 향했다.

"막히셨나요?"

"네, 아무래도 막힌 것 같습니다. 그동안 머리가 아프다는 핑계로 시놉시스를 쓰는 걸 미루다 보니까, 결국 시놉시스는 따라잡혔고 진행은 막혀 버렸네요."

규현은 시놉시스를 미리 써놓고 글을 쓰는 스타일이었지만 최근 귀찮고 머리가 아프다는 핑계로 시놉시스를 쓰는 것을 미뤘다.

그의 글 쓰는 속도가 느린 것은 아니었기 때문에 미리 써둔 시놉시스는 순식간에 따라잡혔고 결국 스토리를 생각해 두지 못한 탓에 진행이 막히고 말았다.

"어디서 막히셨죠?"

"칠흑팔검 작가님, 귀환 영웅 읽어보셨죠?"

"물론 읽어보았습니다."

칠흑팔검은 규현에게서 배울 게 많다고 생각하고 있었기 때문에 그가 쓴 작품은 모두 읽었다.

"그럼 하스트 사령관도 아시겠군요."

"네, 북부군 사령관 아닙니까? 제 기억이 틀리지 않다면 아마 주인공이 회귀 전엔 암살당했죠?"

규현의 애독자답게 귀환 영웅의 등장인물을 잘 기억하고 있었다.

"네, 북부군 사령관인 그가 암살당하자 북부군은 혼란에 빠졌고, 그사이 몬스터 군단이 공격하죠."

"하스트 사령관이 문제입니까? 그에 대한 암살 성공 여부를 고민하시는 것이군요."

칠흑팔검의 말에 규현은 천천히 고개를 끄덕였다. 중견 작가답게 자세한 설명을 하지 않았음에도 불구하고 다 알고 있었다.

"네, 그를 살릴까 죽일까 고민 중입니다."

"원래 살리려고 하지 않았습니까?"

칠흑팔검이 물었다.

과거 규현과 귀환 영웅에 대해 대화를 나눈 적이 있었다. 그때 전체적인 스토리를 들었는데, 그때 규현은 하스트 사령관의 암살 시도를 주인공이 막는다고 말했었다.

"원래는 살리려고 했는데, 그를 살리면 북부군의 전력이 너무 강해집니다. 그렇게 되면 몬스터 군단의 공격을 너무 쉽게 막아내게 되고 결과적으로 제국의 군대마저 비교적 쉽게 격파할 겁니다."

"확실히 그렇겠죠. 하스트 사령관의 설정은 왕국 최고의 지휘관이니……."

"그동안 주인공은 너무 승승장구했어요. 적당한 위기를 부여하는 것으로 긴장감을 고조시킬 필요가 있다고 생각해서 말이죠."

최근 대세의 주인공은 압도적인 강함을 가져야 하는데, 그의 주변에 적이 없거나, 만약 있더라도 금방 무너지는 전개가 잘 먹혔다. 하지만 이건 국내의 이야기다.

규현은 해외 출간까지 바라보고 있었기 때문에 너무 웹연재에 맞추면 곤란하다고 생각하고 있었다. 그렇다고 해서 또 국내 시장을 무시할 수는 없었기 때문에 고민이었다.

"해외 시장을 노리신다면 이제 긴장감을 고조시킬 부분인 것 같습니다. 너무 쉽게 가면 재미가 떨어지니까요."

"역시 그렇겠죠? 제 생각도 그렇습니다."

칠흑팔검이 조언했다. 마침 규현의 생각도 그와 같았다.

"감사합니다, 다시 써야겠네요."

막혔던 길이 뚫렸다.

규현은 서둘러 시놉시스를 작성하기 시작했다. 고민이 해결되자 시놉시스를 작성하는 데 가속도가 붙어서 꽤 많은 편수의 시놉시스를 작성할 수 있었다.

시놉시스의 작성이 끝난 규현은 곧바로 본문을 쓰기 시작했다. 한창 노트북 키보드를 바쁘게 두드리고 있는데 갑자기 사무실 문이 열렸다.

"실례합니다."

"김병규 작가님?"

가장 먼저 얼굴을 알아본 칠흑팔검이 그의 이름을 부르자 노트북 화면을 뚫어져라 보면서 키보드를 두드리고 있던 규현이 손을 멈추고 의자에서 일어나 정면을 보았다.

부산에 있어야 할 김병규 작가가 사무실에 들어와 있었다.

규현은 어안이 벙벙해 쉽게 입을 열지 못했다. 병규에게서 글을 쓰고 싶다는 갈망을 느꼈기 때문에 언젠가는 자신을 찾아올 것이라고 생각했지만 이렇게 빨리, 그리고 연락도 없이 찾아올 줄은 몰랐다.

"작가님, 일단 이쪽으로 오시죠."

규현은 회의실 문을 열고 안으로 김병규 작가를 안내했다. 그리고 자신도 회의실 안으로 들어갔다.

눈치 빠른 상현이 서둘러 탕비실로 달려가 커피를 준비하기 시작했다. 이윽고 커피 두 잔을 든 상현이 조심스럽게 회의실에 노크를 했다.

"들어오세요."

안에서 규현이 들어와도 좋다는 허락을 하자 그는 회의실 안으로 들어가 규현과 병규의 앞에 커피를 내려놓고 나왔다.

상현이 조심스럽게 회의실 문을 닫고 나가자 규현이 입을 열었다.

"이렇게 빨리 저희를 찾아오실 줄은 몰랐습니다."

규현의 말에 병규는 입가에 희미한 미소를 머금었다.

"북페이지에서 계속 귀찮게 해서 말이죠. 하루가 멀다 하고 서울과 부산을 왕복하면서 만나줄 것을 부탁하니, 만나주지 않을 수도 없고… 하여간, 여러 사람을 위해서라도 빨리 결정을 내리는 게 좋다고 판단했습니다."

"그렇다면 결정을 내리신 겁니까?"

"제가 가람 사무실에 찾아온 것으로 충분한 대답이 되었을 것이라 생각합니다."

규현은 고개를 끄덕이며 서류 보관함에서 계약서 2부를 꺼냈다.

그러고는 펜을 꺼내 말없이 매니지먼트 측에서 채워야 할 공간을 채웠다.

이윽고 계약서 작성을 마친 그는 병규 앞으로 계약서 2부를 밀어 주었다.

"한번 읽어보세요."

"확실히 북페이지가 계약 조건이 더 좋군요."

"네, 그 부분은 저도 인정합니다."

병규의 말에 규현은 고개를 끄덕였다. 그건 어쩔 수 없는 사실이었다.

마음 같아선 더 좋은 계약 조건을 제시해 주고 싶었지만 현재 가람의 사정으로는 지금 제시한 계약 조건이 최선이었다.

"하지만 저는 대표님을 보고 계약하는 거니까 조건은 상관없습니다."

"그럼 조건 내려도 됩니까?"

조건은 신경 쓰지 않는다는 병규의 말에 규현은 장난기 어린 표정으로 농담을 던졌다.

"아뇨, 그래도 조건이 좋으면 아무래도 좋죠. 하하하."

말을 마치며 병규는 웃었다.

그는 코트의 안주머니에서 펜을 꺼내 계약서 2부에 각각 사인을 했다.

"잠시만요."

규현은 계약서를 확인했다. 아무런 문제가 없는 것을 확인한 그는 계약서를 옆에 조심스럽게 내려놓으며 입을 열었다.

"앞으로 잘 부탁드립니다, 작가님."

"대표님만 믿겠습니다."

계약이 끝났다.

규현은 병규에게 저녁을 먹고 갈 것을 제안했지만 그는 일찍 돌아가야 할 이유가 있다면서 정중하게 거절했다.

병규가 부산으로 돌아가고 다음 날 아침, 사무실에 출근한 규현은 약속대로 그에게 도움을 주기 위해 전화를 걸었다.

─여보세요?

"반갑습니다, 작가님. 저 정규현입니다."

─네, 대표님. 무슨 일이시죠?

"지금까지 글 쓰신 거 있죠? 프롤로그만 있어도 상관없으니, 다 보내주세요. 혹시 삭제하진 않으셨죠?"

소수의 작가를 제외한 대부분의 작가들은 자신의 쓰다만 작품이라도 삭제하지 않는 경우가 많았다. 언제 다시 쓰게 될지 모르기 때문이었다.

─네, 일단 삭제하진 않았어요.

"그럼 보내주세요."

―정말 프롤로그만 쓴 것도 상관없습니까?

"네, 상관없습니다."

프롤로그만 있어도 스탯을 볼 수 있다.

물론 이 경우 연재되면서 스탯이 변동하는 폭이 조금 큰 편이었지만 잘 조절한다면 그 변동 폭을 크게 줄일 수 있었다.

―지금 보내 드리겠습니다.

"그럼 부탁합니다."

전화를 끊고 얼마 지나지 않아서 한 통의 문자메시지가 도착했다.

[보냈습니다.]

병규가 보낸 문자메시지였다.

메일함을 확인하니 수십 개의 첨부 파일이 있었다. 용량도 각양각색이었다.

프롤로그만 쓴 것도 보였고 꽤 많이 쓴 것도 보였다.

'생각보다 많군.'

병규는 15년 동안 출간을 하지 않았다. 그러니 그동안 써 둔 게 적지는 않을 것이다.

스탯을 보는 능력이 없었다면 엄청난 시간을 투자해서 전부 다 읽어야 했을 것이다. 하지만 규현은 능력이 있었기 때문에 마우스 커서를 올리는 것만으로 등급을 확인할 수 있었다.

1세대 판타지 작가답게 대부분 B급이었고 그 아래는 극히 소수였다. 간혹 가다 A급도 한두 개 정도는 보였다.

보내준 원고가 50개를 훌쩍 넘겼기 때문에 스탯을 확인하는 작업도 결코 쉽지 않았다.

"커피 드세요."

"고마워."

상현이 가져다준 커피를 한 모금 마신 그는 '리턴 테라포밍'이라는 제목의 문서 파일로 마우스를 올렸다.

기계적으로 다른 문서 파일로 커서를 옮기려던 그는 뒤늦게 스탯을 확인할 수 있었다.

[리턴 테라포밍]
분류: SF.
종합 등급: S.
예상 흥행: 국내 B / 해외 B.

'S급……'

S급 작품이었다. 국내 흥행이 B급에 불과했지만 해외 흥

행이 B급이었다.

국내 흥행과 해외 흥행은 같은 등급이라도 같은 등급이 아니었다. 해외 흥행 B급이면 엄청났다.

사실상 최후의 흑마법사와 귀한 영웅보다 높다고 할 수 있었다.

48장

미지의 바다 l

규현은 다시 커피를 한 모금 마시며 문서 파일을 클릭해서 분량이 어느 정도인지 확인했다.

'1만 자. 프롤로그를 쓰고 조금 더 쓰다가 그만뒀네.'

규현은 두 눈을 가늘게 뜨고 1만 자를 조금 넘는 원고의 문서 정보를 읽었다.

최종 수정 날짜를 확인하니 최근에 쓴 것은 아니었다. 그 말은 1만 자 조금 넘게 쓰다가 어떤 이유로 쓰는 것을 그만뒀다는 말이 되었다.

규현은 병규 본인이 아니었기 때문에 그 이유를 확실하게 알 수는 없었지만 대충 추측할 수 있었다.

병규는 프로였기 때문에 글 쓰는 게 재미없다는 이유로 그만두지는 않았을 것이다.

아마도 스스로 판단한 뒤, 흥행할 가능성이 없다고 생각해서 그만둔 것 같았다.

병규는 모르겠지만 실제로 스탯을 보면 국내보다 해외에서 크게 성공할 글이었다.

"이걸 어떻게 해야 할지……."

규현이 혼잣말을 중얼거렸다.

1만 자 조금 넘는 분량을 쓰고 그만두었다는 것은 흥행하지 못할 것이라는 큰 확신이 있다는 것이다.

병규가 이 작품을 다시 쓰게 하기 위해서는 규현이 그를 설득해야만 했는데 어떻게 설득해야 할지 막막했다.

"잠시 통화 좀 하고 오겠습니다."

규현은 말을 마치며 의자에서 일어났다.

그리고 회의실이 아닌 사무실 밖으로 나가 옥상으로 향했다.

여름이 이제 지나고 있었기 때문에 슬슬 바람이 시원해졌다.

바람을 맞으며 생각을 정리하고 싶었다.

"후우."

옥상에 도착한 규현은 크게 한숨을 내뱉으며 주변을 살폈다.

옥상에는 벤치 몇 개에 불과하지만 작은 휴게 공간이 있었다. 그곳에는 커플로 보이는 남녀가 달라붙어서 이야기를 나누고 있었다.

2층 복도에서 몇 번 본 적이 있는 얼굴들이었다.

규현은 그들과 조금 떨어진 곳으로 이동해서 병규에게 전화를 걸기 위해 스마트폰을 꺼내 들었다.

마지막으로 심호흡을 하면서 생각을 정리한 그는 병규에게 전화를 걸었다.

—네, 대표님.

"보내주신 원고 전부 읽어보았습니다."

—벌써요? 양이 제법 많았을 텐데요.

규현의 말에 병규는 의문을 표했다.

규현에게 보내준 원고들을 전부 합치면 엄청난 분량이 되었다. 그래서 조금 더 시간이 지난 후에 연락할 것이라 생각하고 있었다.

"아… 사실은 작가님의 원고를 우선적으로 검토했습니다. 또 제가 읽는 속도가 상당히 빠른 편입니다."

—그렇군요.

규현은 조금 당황했지만 이내 침착하게 대응했다. 다행히 병규도 그의 말을 믿는 것 같았다.

우선적으로 원고를 검토했고 읽는 속도가 빠르다면 충분히 지금 검토를 끝낼 수도 있었다.

원고를 전부 읽는다면 시간이 더 필요하겠지만 병규는 규현이 가망이 없는 원고는 읽다가 중간에 중단하는 융통성을 발휘했을 것이라 생각했다.

"'리턴 테라포밍'이라는 소설을 쓰셨던데 기억나세요?"

—그런 소설이 있었나? 잠시만요. 지금 노트북을 켜둔 상태라 확인해 볼게요.

병규는 리턴 테라포밍이라는 이름의 소설을 자신이 썼다는 사실을 바로 기억해 내지 못했다.

물론 15년 동안 쓴 소설을 전부 기억할 수는 없겠지만 인상 깊은 몇 개는 분명 기억하고 있을 것이다.

그 말은 즉 그에게 있어서 리턴 테라포밍은 큰 의미가 없는 작품이라는 걸 뜻했다.

—확인했습니다. 제가 정리를 제대로 해두지 않아서 조금 늦어졌네요. 죄송합니다.

"저는 괜찮습니다."

—혹시 제 차기작으로 '리턴 테라포밍'을 생각하고 계십니까?

"예. 비록 프롤로그뿐이었지만 저는 리턴 테라포밍에서

가능성을 발견했습니다."

─대표님, 저는 바보가 아닙니다. 리턴 테라포밍이 가능성이 없다는 것을 저는 아는데 어찌 미다스의 손이라는 대표님은 모른단 말입니까?

병규가 발끈했다.

언성을 높이진 않았지만 목소리에서 분노가 살짝 흘러나왔다.

규현은 쓸쓸한 미소를 머금었다.

그를 쉽게 납득시킬 수 없을 것이라고 생각했지만 막상 부딪히게 되니 답답했다.

"네. 분명 리턴 테라포밍은 국내에서 성공하기 힘든 작품입니다. 그건 분명해요. 하지만 해외 시장은 다릅니다."

─제 작품을 해외에 출간한다는 말씀이신가요?

"네. 리턴 테라포밍은 해외에서 충분히 성공할 수 있는 작품입니다. 작가님이 어떤 상황을 걱정하고 있는지 알고 있습니다. 추락과 시간 낭비를 걱정하고 계시겠죠. 하지만 장담컨대 그런 일은 없을 겁니다. 약속드리죠."

─솔직히 말하면 잘 모르겠습니다.

병규가 힘없는 목소리로 말했다.

생각이 많이 복잡한 것 같았지만 처음 리턴 테라포밍을 차기작으로 했으면 좋겠다는 말을 들었을 때에 비하면 냉정을 되찾은 것 같았다.

"확신이 없으시겠죠. 이해합니다."

—대표님에게서 말씀해 주신 제목을 듣고 문서 파일을 뒤져 찾아보았습니다. 그러고 나서 기억이 났는데⋯ 리턴 테라포밍은 정말 아닌 것 같습니다.

정리되지 않은 문서 파일을 뒤적이다가 리턴 테라포밍에 대한 모든 게 기억났다. 아무리 생각해 봐도 긍정적인 평가를 내릴 수가 없었던 작품이었다.

"많이 불안하십니까?"

규현이 물었다. 병규는 잠깐 동안 그의 말에 쉽게 대답하지 못했다. 하지만 얼마 지나지 않아서 그의 목소리가 스마트폰에서 들려왔다.

—네. 솔직히 제 명성을 갉아먹는 벌레가 될 것 같습니다. 그리고 무엇보다 시간도 낭비할 것 같고요.

"중국에 먼저 출간을 진행하죠. 해외에서 반응을 확인해 보세요. 제 말이 틀리지 않았다는 것을 알게 될 겁니다."

규현은 확신에 찬 목소리로 말했다. 그의 힘 있는 목소리는 병규의 마음을 흔들기에 충분했다.

—중국에서 출간이 가능합니까? 여러모로 힘들다고 들었는데⋯⋯.

"중국에 자사 사무실이 있습니다. 북경 서고의 도움으로 저희가 이북 출간을 진행하고 있습니다. 물론 종이책 출간도 가능합니다."

종이책 출간은 사실상 북경 서고에서 대부분의 작업을 해주는 것이나 다름없었기 때문에 많은 작품을 부탁할 수 없었다. 그래서 선별된 작품만 종이책을 발행하기로 했는데, 병규의 작품이 가지고 있는 스탯이라면 중국에서 종이책으로 출간하기 충분했다.

중국 정부에 대한 비판적인 내용만 넣지 않는다면 어렵지 않게 중국어판이 출간될 것이다.

"작가님은 저를 믿고 글만 열심히 써주시면 됩니다."

—후우… 처음에 대표님을 믿기로 했던 저입니다. 지금에 와서 되돌리는 것은 있을 수 없죠. 믿기로 했으니 계속 믿어보겠습니다.

"그럼 원고를 부탁합니다. 매일 제게 원고와 시놉시스를 보내주세요. 제가 적극적으로 지원하겠습니다."

규현이 말했다.

적극적인 지원이라는 이름이 어울릴 정도로 병규는 다른 작가들에 비해 대우가 달랐다. 규현은 다른 작가들의 스토리도 봐주고 있었지만, 그들의 시놉시스는 매일이 아니라 매주에 한 번만 받아 보고 있었다. 원고도 매일 보내지 않았다.

병규에게 원고와 시놉시스를 매일 보여달라고 하는 것만 봐도 규현의 결심을 엿볼 수 있었다.

─내일부터 보내 드릴게요.

"네, 부탁드리겠습니다."

전화 통화가 끝났고 규현은 승강기를 타고 2층으로 내려가 사무실로 들어갔다.

"오늘 일찍 퇴근할게요."

병규를 설득하느라 에너지를 써버려서 그런지 힘이 빠졌다. 그래서 오피스텔로 빨리 돌아가 쉬고 싶었다.

"형, 오늘 회식 있는 거 잊으셨어요?"

"회식이 있었나?"

"네."

규현이 퇴근 준비를 하려고 하자 상현이 다가와 회식이 있다는 사실을 알려주었다.

"아… 미안, 잊고 있었어. 회식이 있으니 벌써 퇴근할 수야 없지."

규현은 입가에 미소를 그린 채 의자에 앉아 등받이에 몸을 기대었다.

회식에는 참가할 생각이었지만 피곤해서 일이 손에 잡히지 않으니, 시간이 될 때까지 쉬고 있을 생각이었다.

　　　　　*　　　　　　*　　　　　　*

"이동하죠."

퇴근 시간이 되었고 직원 모두 미리 예약해 둔 근처 호프 집으로 향했다.

근처에 사는 작가도 10여 명 오기로 했다. 자리를 잡고 앉으니 얼마 지나지 않아서 오기로 한 작가가 하나둘씩 문을 열고 들어와 자리에 앉았다.

익숙한 얼굴도 있었고 처음 보는 얼굴도 있었다.

처음 가람이라는 매니지먼트가 시작될 때만 해도 대부분의 작가들을 규현이 직접 찾아가 계약했지만 최근에는 상현이나 칠흑팔검이 주로 계약하기 때문에 규현이 모르는 얼굴이 있을 수밖에 없었다.

"반갑습니다, 유지석입니다."

"강예리입니다, 반가워요."

직원들끼리 회식은 가끔 있었지만 작가들까지 초대한 것은 처음이었다.

사무실에서 매일 마주치는 직원들과 작가들을 제외하면 서로의 얼굴을 처음 봤기 때문에 마치 대학교의 신입생 환영회처럼 서로를 소개하는 시간이 이어졌다. 소개가 끝나자 다들 기분 좋게 술과 안주를 즐겼다.

규현은 상당히 피곤했지만 대표인 그가 일찍 빠져나가면 분위기가 식을 수도 있었기 때문에 1차가 끝날 때까지 자리를 지켰다.

1차가 끝나고 나서야 빠져나올 수 있었지만 오피스텔에 도착했을 땐 이미 상당히 늦은 시간이었다.

*   *   *

가람 사무실의 회의실.

모두가 심각한 표정으로 시선을 내린 채 입을 다물고 있었다.

규현의 표정도 딱히 좋지 않았다. 심각한 분위기가 감도는 가운데, 차갑게 식은 커피를 한 모금 마시며 규현이 입을 열었다.

"그래서 로맨스 작가 몇 명이 계약을 해지한 거죠?"

"3명입니다. 그리고 며칠 후 계약 해지한 로맨스 작가들의 작품이 북페이지에 독점 공개된 것을 확인했습니다."

규현의 물음에 하은이 어두운 표정으로 보고했다.

로맨스 작가 3명이 규현의 코치만 잔뜩 받은 뒤 계약을 해지하고 북페이지로 넘어갔다.

그들은 계약금을 받지 않았기 때문에 그들의 계약 해지

를 막을 수 있는 이유가 없었다.

정황을 보아 북페이지에서 먼저 제안한 것으로 보였다.

"이것으로 강예리 작가님과 함께 배너에 걸 작품의 수가 줄었습니다. 효율이 줄어든 거나 다름없습니다."

하은이 다시 보고했다.

"다른 로맨스 작가를 영입할 수는 없겠죠?"

"영입할 수야 있겠지만 신작을 기획하기엔 이미 늦은 데다가 구작의 경우 계약 기간이 딱 맞춰서 끝나는 것을 찾기도 힘들기 때문에 사실상 지금 인원으로 진행해야 합니다."

규현이 방법을 제시했지만 하은은 부정적인 반응을 보였다. 그녀의 말을 들은 직원들이 어두운 표정으로 한숨을 내쉬거나 고개를 저었다.

예상치 못한 폭탄이었다.

로맨스 작가의 수가 절대적으로 부족한 가람에게 작가 3명의 이탈은 치명적이었다.

"로맨스 소설을 쓸 작가님은 더 없는 건가요?"

석규가 조심스럽게 물었다. 하은은 그에 대한 대답으로 입을 굳게 닫은 채 고개를 끄덕였다.

"하아."

석규의 한숨 소리를 시작으로 다시 침묵이 시작되었다.

"제가 하죠."

침묵이 5분가량 이어지자 규현이 침묵을 깨고 말했다. 모두의 시선이 규현에게 집중되었다.

"로맨스 소설을 쓰겠다는 말씀이세요?"

"네. 로맨스 소설 도전해 보려고요."

하은의 물음에 규현은 고개를 끄덕이며 대답했다.

예리를 포함한 로맨스 소설 작가들을 영입하면서 그들을 코치하기 위해 시장 조사를 철저하게 했기 때문에 흐름에 맞춰 쓸 자신은 있었다.

"형, 판타지와 로맨스는 완전히 다른데 괜찮겠어요?"

"내가 보니까 완전히 다른 것도 아니더라. 그리고 그나마 내가 쓰던 장르와 가까운 로맨스 판타지를 쓸 생각이니 걱정하지 마. 기사 이야기도 로맨스 판타지라는 소리를 들었잖아."

우려를 표하는 규현은 미소를 지었다.

"그리고 칠흑팔검 작가님."

"네, 말씀하세요."

"작가들에게 전체 메일 좀 보내주세요. 북페이지와 관련되지 않았으면 좋겠다는 내용으로요."

선인세를 받지 않고 출간 준비 중인 작가들이 판무와 로맨스 합쳐서 몇 명 더 있었다. 그들도 이탈하면 피해는 걷잡을 수 없기 때문에 규현은 칠흑팔검에게 작가들의 단속을 강화하라는 지시를 내렸다.

"다소 강경하게 나가도 됩니까?"

칠흑팔검이 날카로운 목소리로 말했다. 기본적인 예의조차 지키지 않는 북페이지의 행동에 화가 많이 난 것 같았다.

"아뇨. 그러면 있는 작가들도 빠져나갑니다. 좋게 이야기해 주세요."

규현은 칠흑팔검을 말렸다.

그의 기분을 이해하지 못하는 것은 아니었지만 역효과를 가져올 수도 있었기 때문에 강경책은 피하는 게 좋았다.

"알겠습니다."

칠흑팔검은 아쉬운 눈빛으로 고개를 끄덕였다.

"다들 명심하시길 바랍니다. 이것으로 북페이지는 선을 넘었습니다. 그 어떤 경우에도 그들과 협상은 없을 겁니다."

규현이 선언했다.

그는 결심했다.

더 이상 북페이지와의 협상은 없을 것이라고.

로맨스 소설에 대한 모든 것을 파악했다고 규현은 자신만만했지만 막상 로맨스 소설을 쓰려고 하니 '소재'가 떠오르지 않았다. 다른 작가들의 작품을 적당히 '참고'하는 방법도 있었지만 가능하면 피하고 싶었다.

바로 옆에 로맨스의 전설인 강예리 작가가 있었지만 그녀에게 조언을 구할 수는 없었다. 규현은 그녀에게 조언을 해주는 역할이었기 때문이었다.

한참 고민을 하던 규현은 스마트폰을 들어 올려 조사를 위해 하은에게 전화를 걸었다. 로맨스 시장 조사를 하긴 했지만 아무래도 오래 발을 담갔던 판타지 무협 시장과는 달리 로맨스는 조사한 기간도 짧았기 때문에 로맨스의 주요 독자층인 여성의 도움이 필요했다.

─네, 대표님. 말씀하세요.

"만약 연애를 한다면 어떤 사람과 하고 싶어요?"

─네?

"오해하지 마세요. 로맨스 소설 집필에 참고할 생각입니다."

하은이 오해하는 듯해서 규현은 얼른 말을 덧붙였다.

─그렇군요. 아무래도 저는 다정한 사람이 끌리는 것 같습니다.

"그렇다면 어떤 로맨스 소설을 읽고 싶으세요?"

─오글거리지 않는 소설이면 좋겠네요.

규현의 물음에 하은은 단호하게 말했다.

그는 하은의 성격을 잘 알고 있었기 때문에 어느 정도 예상했던 대답이었다.

"그러면 어떤 이야기를 보고 싶으세요?"

─다정한 기사와 하녀의 로맨스를 소재로 하면 좋을 것 같습니다.

평소 딱딱한 모습을 보이는 그녀도 이런 대화를 나누어보니 천생 여자라는 것을 알 수 있었다.

"그렇군요. 감사합니다. 큰 도움이 되었습니다. 퇴근도 하셨는데 귀찮게 해서 죄송했습니다."

─아닙니다. 도움이 되었다고 하니 기쁩니다.

하은과의 전화 통화를 끝낸 규현은 스마트폰의 전화번호부를 뒤져서 민혜를 포함해 가끔씩이나마 연락을 하고 지냈던 여성 몇 명에게 전화를 걸었다. 그러고는 하은에게 한 질문과 거의 흡사한 질문을 던졌다.

"벌써 10시네."

마지막으로 전화를 끝내고 시간을 확인하니 벌써 10시였다. 전화를 건 사람의 수는 많지 않았고 질문도 간단했지만 서로의 근황을 간단하게 물어보느라 시간이 다소 지연된 것 같았다.

'그러고 보니 지은이한테 물어보는 것을 깜빡했네.'

쉬기 위해 침대 위에 몸을 던진 규현은 뒤늦게 지은에게 물어보지 않은 것을 깨닫고 협탁에 던져놓은 스마트폰을 들었지만 이내 고개를 저으며 다시 내려놓았다.

사귀는 사이도 아닌데 전화를 걸기엔 너무 늦은 시간이었다.

"내일 물어봐야겠다."

그렇게 생각하며 그는 눈을 감았다.

49장

미지의 바다 II

다음 날, 사무실에 출근한 규현은 노트북을 켜서 병규가
보낸 원고를 검토했다.

병규는 처음 리턴 테라포밍을 연재할 때만·해도 부정적인
태도였지만 차츰 시간이 지나자 재미를 붙인 것인지 제법
빠른 속도로 원고를 써서 보냈다.

스탯의 변동 폭도 거의 없을 정도로 안정적으로 집필을
이어갔다.

병규는 1세대 판타지 작가답게 감각이 있는 편이었다.

그가 보낸 리턴 테라포밍 원고에서 고쳐야 할 점은 많지 않았다.

그래도 규현은 완벽을 기하기 위해 수탯 변동 폭을 거듭 확인한 뒤에야 고쳐야 할 점을 적은 수정안을 보냈다.

"오늘 점심은 뭐가 좋을까요?"

"점심이요?"

규현이 탕비실로 향한 사이 석규가 상현에게 물었다.

열심히 일을 하고 있던 상현은 노트북 키보드를 두드리는 것을 멈추고 점심이라는 단어에 반응했다.

가람 사무실의 작가들과 직원들은 점심시간에 단체 행동을 할 때도 있지만 보통은 친한 사람들끼리 같이 움직였다.

"오늘 할 일이 많을 텐데요. 날씨도 좋은데 삼각김밥이나 사 와서 옥상에 올라가서 먹고 내려옵시다."

탕비실 냉장고에서 캔 커피 하나를 꺼내서 자리로 돌아온 규현이 아주 간단한 점심 메뉴를 제안했다.

"조, 좋네요, 삼각김밥."

"콜! 좋습니다!"

규현은 사무실에서 가장 높은 위치에 있었기 때문에 제안이 마음에 들지 않더라도 그의 결정에 대놓고 반기를 들 직원이나 작가는 없었다.

그렇다고 해서 규현의 결정에 기분 나빠하는 직원이나 작가는 없었다.

그는 언제나 직원들을 위했으니까 이런 사소한 것 정도는 웃고 넘길 수 있었다.

"그럼 정해볼까요?"

그렇게 말하며 규현은 주먹을 내밀었다. 모두가 영문을 몰라 말없이 시선을 집중했다.

규현은 입가에 미소를 머금었다.

"공평하게 가위바위보로 정하죠."

"좋은 방법입니다."

가위바위보를 하려는 순간 규현의 스마트폰 벨소리가 울렸다.

"잠시만요."

규현은 매니지먼트 가람의 대표였다.

중요한 전화가 자주 오고 갈 수밖에 없었기 때문에 전화가 오면 신속하게 받아야 했다.

급히 회의실에 들어가 화면을 확인하니 중요한 전화가 아닌 지은이었다.

이미 전화를 받기 위해 회의실로 들어왔기 때문에 규현은 스마트폰을 들어 올려 전화를 받았다.

"여보세요?"

─여보세요? 오빠! 아직 점심 전이죠?

전화를 받자 지은은 밝은 목소리로 대뜸 점심을 먹었는지 물었다.

"아직 안 먹었어. 그런데 이제 먹으려고."

점심 메뉴를 논하기엔 적당한 시간이었지만 점심을 먹기엔 조금 이른 시간이었다.

―오빠, 식사하지 마시고 조금만 기다려 주세요. 제가 도시락 가지고 갈게요.

"너 오늘 출근 안 했어?"

―오늘 휴가예요. 그래서 오랜만에 오빠 점심이나 챙겨 드리려고요. 다른 분들 것도 준비했어요, 히히.

그렇게 말하며 지은은 웃음을 흘렸다.

규현에게 말은 하지 않았지만 그녀는 10인분의 도시락을 준비하기 위해 새벽에 일어나 열심히 요리를 했다.

"10인분을? 혼자서 준비한 거야?"

―아뇨, 친구가 도와줬어요.

10인분이라는 말에 규현은 상당히 놀랐다.

10인분의 음식을 만든다는 것을 결코 쉬운 일이 아니기 때문이었다.

지은은 가사 도우미의 도움을 받았지만 친구의 도움을 받았다고 대충 둘러댔다.

그렇지만 다른 사람의 도움을 받았다고 해도 그녀가 고생한 것은 분명했다.

"언제나 고마워."

규현은 고마움을 표현했지만 스스로도 부족하다고 생각했다.

─요즘 뜸했잖아요. 고맙다는 소리 들을 정도는 아니에요.

"일하느라 바빴잖아. 늘 고맙다는 말밖에 할 말이 없네."

─제가 요리 연습 하는 김에 만들어 드리는 거예요. 오빠가 맛있게 먹어주는 것만으로도 저는 충분하답니다.

지은이 밝은 목소리로 말했다.

늘 생각하지만 지은은 정말 착했다.

─그럼 지금 갈게요.

"그래."

통화를 끝낸 규현은 회의실에 나와 자리로 돌아갔다.

"지은이가 도시락 가져온다고 하네요. 오늘 점심은 그것으로 하죠."

규현의 말에 직원들과 작가들은 환호성을 .질렀다.

그들은 지은의 요리 솜씨가 괜찮다는 것을 기억하고 있었다.

설령 요리 솜씨가 별로라고 해도 삼각김밥보다는 낫다고 생각했다.

"안녕하세요, 다들 잘 지내셨어요?"

20분 정도가 지나자 커다란 도시락 가방을 양손에 든 지은이 힘겹게 사무실 문을 열고 들어왔다.

가장 멀리 떨어진 자리에 있던 규현이 서둘러 그녀에게 달려가서 도시락 가방을 건네받았다.

"아, 정말 죄송한데 저는 30분 안으로 보내야 할 문서 파일이 있어서 점심을 못 먹을 것 같습니다. 죄송합니다."

칠흑팔검이 피곤한 얼굴로 말했다.

작가 한 명이 원고를 늦게 보내줘서 마감에 맞추느라 꽤나 고생하고 있는 듯했다.

작가가 마감을 어길수록 피곤해지는 쪽은 편집자였다.

사정을 잘 아는 규현은 일이 밀린 게 칠흑팔검의 잘못이 아니라는 것을 알고 있었다.

"그럼 저흰 옥상으로 올라가죠."

"날씨도 좋아서 피크닉 분위기가 날 것 같네요. 찬성합니다!"

칠흑팔검의 말에 규현은 옥상으로 올라갈 것을 제안했고 석규가 힘찬 목소리로 대답했다.

그들은 사무실을 나와서 금진 빌딩의 옥상으로 올라갔다.

잘 갖춰져 있지는 않았지만 나름 쉴 수 있는 공간이 조성

되어 있었기 때문에 그곳에서 도시락을 펼쳐놓고 점심 식사를 할 수 있었다.

모두가 지은의 요리 솜씨를 찬양하면서 점심을 맛있게 먹었다.

도시락을 먹고 있던 규현은 문득 지은에게 물어보려고 한 것이 떠올랐다.

마침 그녀가 옆에 있었기 때문에 바로 물어보기로 마음먹고 천천히 입을 열었다.

"지은아."

"네, 오빠."

지은은 규현을 보며 밝은 미소를 보였다.

"넌 어떤 사랑을 하고 싶어?"

"네?"

규현의 질문에 지은은 크게 당황했다. 그녀의 얼굴이 사과처럼 붉게 물들었다.

"그냥 로맨스 소설 하나 쓰려고 하는데, 참고 좀 하려고."

"아하……."

규현이 말을 덧붙이자 지은은 질문의 의도를 이해하고 고개를 끄덕였다.

그녀는 1분 정도 고민하다가 입을 열었다.

"저는 이루어지지 않더라도 한 사람만을 계속 바라보는 사랑을 하고 싶어요."

"한 사람만을 계속 바라보는 사랑?"

"네. 이루어지지 않더라도 곁을 지킬 수 있는… 그런 사랑이요."

지은의 설명에 규현은 잠시 생각에 잠겼다.

그녀가 말한 사랑은 어떤 의미로는 너무 애틋한 사랑이었다.

특히 '이루어지지 않더라도'라는 부분이 규현의 감성을 자극했다.

"고마워, 큰 도움이 되었어."

빈말이 아니었다. 정말 큰 도움이 되었다.

지은을 포함해 주변의 여자들에게서 조사한 결과를 합쳐서 원고를 쓰는 데 참고하면 괜찮은 로맨스 소설이 탄생할 것 같았다.

특히 지은의 마지막 말은 규현의 감성을 자극하는 뭔가가 있었다.

이제 들은 것들을 정리해서 기존의 로맨스 소설들과 비교할 차례가 남아 있었다.

"도움이 되었다니 기뻐요."

지은은 규현을 보며 환하게 웃었다.

그의 곁에서 조금이라도 도움이 될 수 있다는 것이 그녀에게는 큰 기쁨이었다.

           *   *   *

규현은 로맨스 소설을 쓰기 위해 출간된 로맨스 소설들을 읽고 주변 여성들로부터 여러 가지를 조사했다.

그 결과 잘 먹힐 만한 소재들을 몇 가지 추려낼 수 있었다.

그중에서도 규현은 자신이 가장 자신 있는 소재를 골라 시놉시스와 설정을 쓰기 시작했다.

사실 처음에는 가장 많이 사용되는 소재를 차용해서 시놉시스와 설정을 작성하고 프롤로그를 썼지만, D급 판정을 받고 장렬하게 삭제되었다.

'오글거리는 것보단 애틋한 사랑으로 가자. 장르는 로맨스 판타지가 좋겠어.'

규현은 자신이 가장 자신 있는 로맨스 판타지로 최종 장르를 정했다.

사실상 규현이 썼던 기사 이야기는 농도가 연한 로맨스 판타지라고 할 수 있었기 때문에 규현은 이미 로맨스 판타지를 한번 써본 것이나 다름없었다.

기사 이야기라는 좋은 예가 있었기 때문에 로맨스 판타지와 판타지 사이의 경계가 되는 농도를 대충은 알고 있었다.

　로맨스 판타지의 세계관을 만드는 일은 프롤로그 단계에서 작품을 갈아 엎는 것을 반복해 온 규현에게 있어서 너무나 쉬운 일이었다.

　금방 괜찮은 세계관 하나가 완성되었다.

　'죽은 연인의 흔적을 좇는 기사 이야기가 괜찮을 것 같다.'

　설정 작업이 끝나고 마침내 시놉시스를 짤 차례가 되었다.

　잠시 고민하던 규현은 괜찮다고 생각되는 스토리를 떠올려 시놉시스 작성을 시작했다.

　시놉시스를 쓰는 것도 많이 해봤기 때문에 순식간에 1권 분량의 시놉시스를 완성할 수 있었다.

　반권 분량의 시놉시스만 있어도 프롤로그를 작성하는 데 문제가 없었지만 심혈을 기울이기 위해서는 분량이 많을수록 좋았다.

　많은 분량의 시놉시스를 확보하면 흔히 말하는 떡밥이라는 이름의 복선을 뿌려두기 편했다.

　개중엔 떡밥을 무시하는 작가도 많았는데, 떡밥을 잘 활용하면 개연성을 확실하게 잡을 수 있기 때문에 신경 쓰는 게 좋았다.

시놉시스를 완성한 규현은 이제 프롤로그를 쓰기 시작했다.

규현은 웹 소설에 있어서 가장 중요한 부분은 초반이라고 생각했다.

그리고 그 초반부에서도 독자들의 연독을 결정하게 하는 것이 프롤로그였다. 그래서 프롤로그는 신경 써서 쓸 수밖에 없었다.

무슨 일이든 시작이 어렵다는 말이 있었다. 그리고 작가들은 프롤로그를 쓰기 전에 가장 많은 고민을 한다고 말하곤 했다.

"로맨스 소설을 쓰고 계신 겁니까?"

"네. 지금 세계관이랑 시놉시스 구성하고 프롤로그 쓰는 중입니다."

칠흑팔검의 물음에 규현은 고개를 끄덕이며 대답했다.

"로맨스 소설을 쓰는 것도 좋지만 귀환 영웅에 집중하는 게 좋지 않겠습니까? 제가 짧지 않은 시간 동안 대표님 곁을 지켜봐서 아는데 귀환 영웅 쓰시는 거 힘들어하시고 계시잖아요."

칠흑팔검이 조심스럽게 우려를 표했다. 실제로 귀환 영웅은 쓰기 까다로운 작품이었다.

기사 이야기 개정판은 기사 이야기의 해외 출간으로 인해 갑작스럽게 S급으로 스탯이 변동된 경우였고, 최후의 흑마법사는 단순이 운이 좋았던 것에 비해, 귀환 영웅은 안정적이지 않은 상태에서 규현이 억지로 끌어낸 S급 작품이었다.

새로운 편을 쓸 때마다 스탯이 불안정하게 흔들렸기 때문에 규현은 안정적인 흐름을 만들기 위해 고된 작업을 반복했다.

몇 번씩 원고를 삭제하면서 탄생한 최선의 원고로 연재하고 있었다.

그러다 보니 시간이 많이 걸릴 수밖에 없었다.

"대표님, 요즘 많이 바쁘시잖아요. 미드 대본 작업도 있고……."

"부정하진 않겠습니다. 최근 제가 일을 많이 벌인 건 사실이죠."

규현은 부정하지 않고 솔직하게 말했다.

바쁘지 않다고 거짓말하기엔 벌인 일이 너무 많이 있었다.

당장 미드만 해도 대본 검토가 끝나고 본격적인 촬영이 시작되면 규현이 미국으로 건너가야 하기 때문에 일이 더 많아질 것이다.

"너무 많은 것을 잡으려다가 다 놓치는 수도 있습니다."

칠흑팔검이 진심 어린 조언을 했다.

"아직까진 제 한계에 다다르지 않은 것 같습니다."

"그렇다면 다행이지만 조심하셔야 합니다. 계속 강조하면 주제넘은 잔소리가 될 것 같으니 이쯤에서 그만하겠습니다."

규현은 입가에 미소를 그린 채 괜찮다고 말했다.

그도 고집이 없는 편은 아니었기 때문에 자신이 정한 길에서 쉽게 벗어나려 하지 않았다.

칠흑팔검은 걱정스러운 시선을 규현에게 보내며 조언을 더 하려고 했지만 조언이 계속되다 보면 어느새 주제넘은 잔소리가 되고 만다는 사실을 잘 알고 있었기 때문에 그쯤에서 그만두었다.

대신 탕비실 냉장고에서 캔 커피를 꺼내 규현의 책상 위에 올려놓았다.

"다작은 안 해봤지만 원고가 밀려서 밤샘 작업을 며칠 동안 한 적이 있었죠. 그래서 대충은 알고 있습니다. 아마도 카페인이 필요할 겁니다."

"마감에 쫓기는 칠흑팔검 작가님이라니 상상이 가지 않네요."

캔 커피를 따며 규현은 미소를 머금은 채 중얼거리다시피 말했다.

칠흑팔검은 언제나 성실했기 때문에 원고가 밀리는 경우
가 거의 없었다.

그래서 밀린 원고를 마감에 쫓겨 급하게 작업하는 그의
모습은 상상하기 힘들었다.

"아, 깜빡할 뻔했는데 칠흑팔검 작가님, 어제 회의 내용 기
억하십니까?"

"네, 물론 기억합니다. 아마 다른 출판사나 매니지먼트와
작품을 서비스하자는 내용이었죠?"

"네. 그때 급한 전화가 와서 미처 말씀드리지 못했는데
아직 독점 제휴를 하지 않은 출판사나 매니지먼트와의 협
상을 칠흑팔검 작가님께서 진행해 주셨으면 좋겠습니다."

어제 있었던 정기회의에서 가람 작가들의 작품만으로는
북페이지, 그리고 나이버 스토어와의 치열한 경쟁에서 살아
남을 힘이 부족하다는 결론이 났다.

독점 전쟁이라고 부르는 치열한 경쟁이 시작할 때만 해도
출판사나 매니지먼트와 이북 플랫폼 간의 제휴가 활성화되
어 있지 않았다.

독점 계약도 출판사나 매니지먼트의 관리하에 작가 개인
이 직접 하는 경우가 대부분이었지만 요즘에는 계약서 자
체에 독점 여부를 체크하는 곳이 생겼고 출판사나 매니지

먼트가 이북 플랫폼과 제휴를 맺고 작품을 제공하고 있었다.

"독점 제휴를 하지 않은 출판사나 매니지먼트를 찾는 게 먼저겠군요. 쉽진 않을 것 같은데…….."

칠흑팔검의 목소리가 갈수록 작아졌다.

그의 예상대로 이미 경쟁이 과열된 지금, 거대 이북 플랫폼과 독점 제휴를 하지 않은 출판사나 매니지먼트를 찾는 것은 쉽지 않았다.

규현은 입가에 쓸쓸한 미소를 머금었다.

"원래는 제가 진행하려고 했는데… 보다시피 이런 상황이라……. 변명하지 않겠습니다."

"독점 제휴는 아직 크게 과열되지 않았으니 한번 찾아보면 이북 플랫폼과 제휴를 하지 않은 출판사나 매니지먼트가 있을 겁니다."

"그럼 부탁드리겠습니다."

규현의 말에 칠흑팔검은 대답 대신 고개를 끄덕였다. 그러고는 그는 바로 움직이기 시작했다.

스마트폰을 꺼내 어딘가로 전화를 걸며 회의실로 들어간 것이다.

규현은 그의 뒷모습을 좇다가 회의실 문이 닫히자 다시 노트북 화면으로 시선을 고정했다.

그리고 키보드를 빠르게 두드려 프롤로그를 쓰기 시작했다.

이미 어느 정도 써둔 상태였기 때문에 30분이 지나지 않아서 적지 않은 분량의 프롤로그를 완성할 수 있었고 규현은 스탯을 확인했다.

이젠 문학 왕국에 비밀 글로 올릴 필요도 없이 문서 파일에 커서만 옮기면 됐다.

'조금 긴장되네.'

스탯 확인 작업은 수천 번도 넘게 해봤지만 새로운 장르에 대한 도전이라 그런지 조금 긴장되었다.

고개를 한 번 흔드는 것으로 긴장을 애써 떨쳐낸 규현은 스탯을 확인했다.

[가시 꽃]
분류: 로맨스.
종합 등급: B.
예상 흥행: 국내 C / 해외 F.

종합 등급은 B로 나쁘진 않았지만 국내 흥행이 C였다.

나쁘진 않은 결과였지만 나름 기대하고 있었기에 실망이 큰 것은 어쩔 수 없었다.

'종합 등급이 B급인데 해외 스탯이 붙어 있네?'

별 볼 일 없는 스탯이었지만 조금 특이한 점이 있었다.

F급이지만 해외 흥행 스탯이 붙어 있다는 것이었다.

'일단 보류.'

프롤로그를 고친다고 해도 스탯 변동 폭에는 한계가 있었다.

때문에 규현은 더 좋은 작품을 쓸 수 있을 것이라 생각하고 망설임 없이 보류 폴더에 문서 파일을 집어넣었다.

50장

미지의 바다Ⅲ

분명 더 좋은 작품을 쓸 수 있을 것이라고 생각했지만 며칠 동안 쓴 새로운 프롤로그들은 비슷하거나 더욱 낮은 스탯을 가지고 있었다.

결국 규현은 가장 먼저 썼다가 보류한 가시 꽃을 쓸 수밖에 없다고 생각하며 보류 폴더에서 문서 파일을 빼냈다.

가시 꽃과 비슷한 스탯을 가진 작품이 4개 정도 더 있었지만 가시 꽃이 해외 흥행 스탯이 붙어 있어서 수정했을 때 가장 좋은 결과가 나올 것 같다고 생각했다.

[가시 꽃]

분류: 로맨스.

종합 등급: B.

예상 흥행: 국내 B / 해외 F.

수정에 수정을 거듭한 결과, 종합 등급은 오르지 않았지만 국내 흥행 스탯이 한 단계 올라갔다.

해외 흥행 스탯도 오르지 않았지만 이것만 해도 큰 성과라고 볼 수 있었다.

규현은 더 이상 욕심내지 않기로 했다.

로맨스는 아직 그에게 낯선 장르였기 때문에 얼마 남지 않은 시간 동안 더 좋은 작품을 만들 수 있다고 생각하지 않았다.

사실 며칠 전까지만 해도 그런 생각을 했지만 프롤로그를 몇 번 쓰고 스탯을 확인하니 그런 생각이 사라졌다.

"대표님."

가시 꽃을 어느 정도 쓰고 귀환 영웅 마감이 얼마 남지 않았다는 사실을 깨닫고 뒤늦게 귀환 영웅을 쓰기 위해 문서 파일을 클릭한 순간이었다.

칠흑팔검이 다가와 규현을 불렀다.

"네, 작가님, 말씀하세요."

규현은 글을 쓰려던 것을 잠시 멈추고 칠흑팔검을 향해 시선을 옮겼다.

"이북 플랫폼과 독점 제휴를 하지 않은 출판사와 매니지먼트를 몇 개 찾았습니다."

"정말입니까?"

규현의 표정이 밝아졌다.

솔직히 말하면 칠흑팔검에게 맡기긴 했지만 이미 대부분의 출판사나 매니지먼트가 거대 이북 플랫폼과 독점 제휴를 진행하고 있는 상황이었기 때문에 크게 기대하지 않았다.

"아직 기뻐하긴 이릅니다. 독점 제휴를 하지 않은 출판사와 매니지먼트를 찾았을 뿐입니다. 저희와 독점 제휴를 해준다는 확답은 듣지 못했어요."

"제가 너무 앞서갔네요. 어딘지 말해주시겠어요?"

규현의 요청에 칠흑팔검은 타 이북 플랫폼과 독점 제휴 관계가 아닌 출판사와 매니지먼트가 메모된 수첩을 꺼내 읽었다.

이미 규모가 있는 곳은 거대 이북 플랫폼과 독점 제휴를 진행하는 중이었기 때문에 대부분이 영세 규모였다.

"…그리고 파란책입니다."

"파란책이요?"

"네."

규현은 순간 자신이 잘못 들었나 싶어 되물었지만 칠흑팔검은 파란책이 맞다고 하며 고개를 끄덕였다.

파란책은 꽤 규모가 있는 매니지먼트였고 북페이지와 나이버 스토어가 독점 제휴 계약을 하기 위해 움직였다는 소문을 들은 적이 있었기 때문에 당연히 독점 제휴 계약을 한 것으로 알고 있었다.

"확실한 겁니까?"

"네, 조사해 본 결과 나름대로 이유가 있었습니다."

"이유요?"

규현이 재차 묻자 칠흑팔검은 고개를 끄덕이며 입을 열었다.

"저희처럼 자체 이북 플랫폼을 준비 중이었다고 합니다. 자세한 사정은 모르겠지만 어떤 이유로 그 계획이 무산되었고 뒤늦게 북페이지나 나이버 스토어와 접촉하려고 움직이려는 것 같습니다."

"그럼 빨리 움직여야겠군요."

규현의 머리 회전이 빨라졌다.

칠흑팔검은 고개를 끄덕였다. 협상을 하려면 북페이지와 나이버 스토어보다 먼저 움직일 필요가 있었다.

"이미 조규태 기획팀장님께 말은 해두었습니다. 대표님

의 연락처를 알고 있으니 곧 연락할 것이라고 생각됩니다
만……."

칠흑팔검의 말을 들은 규현은 의자에서 일어났다. 그리고
의자에 걸려 있는 코트를 입었다.

"대표님?"

갑작스러운 규현의 행동에 칠흑팔검은 어떻게 반응해야
할지 모르겠다는 표정이었다. 그런 그를 보며 규현이 입을
열었다.

"마냥 전화를 기다리면 너무 늦습니다. 제가 지금 당장
찾아가야겠습니다. 하은 씨, 칠흑팔검 작가님, 먼저 시동 걸
고 있을 테니까 두 분 중 한 분만 따라오세요."

규현은 말을 끝내기 무섭게 계단을 통해 주차장으로 향
했고 하은과 칠흑팔검은 서로 마주 보았다.

"이 팀장님, 아무래도 파란책은 제가 익숙하니 제가 다녀
오겠습니다."

"그럼 부탁드리겠습니다."

짧은 순간 시선을 교환한 두 사람. 결국 칠흑팔검이 규현
과 동행하기로 했다.

그는 서둘러 겉옷을 걸치고 주차장으로 향했다. 그리고
규현의 차에 탑승했다.

"출발합니다."

칠흑팔검이 차에 탑승하기 무섭게 규현은 파란책 사무실을 향해 차를 몰았다.

이윽고 파란책 사무실이 있는 건물 근처에 도착한 규현은 바로 앞에 보이는 편의점에서 음료수를 한 박스 산 뒤 사무실로 올라갔다.

"실례합니다."

규현은 칠흑팔검과 함께 조심스럽게 문을 열고 들어갔다.

"어? 정규현 작가님?"

마침 근처에 있던 창석이 규현을 알아보았다.

"오랜만입니다."

"네. 저도 오랜만입니다. 칠흑팔검 작가님도 오셨네요."

뒤이어 들어온 칠흑팔검을 본 창석이 말했다.

일단은 그도 파란책 소속이었기 때문에 창석의 얼굴은 알고 있었다.

"기획팀장님 계신가요?"

"지금 회의 중이세요. 일단 응접실에서 기다리시죠."

창석은 규현과 칠흑팔검을 응접실로 안내한 뒤 커피를 대접했다.

"저는 마감이 코앞이라 죄송하지만 실례하겠습니다."

커피 두 잔을 남겨놓고 창석은 사라졌다.

규현은 심각한 얼굴로 칠흑팔검을 보았다.

"원래 정기회의가 이 시간이 아니었죠?"

"네. 아니었던 것으로 기억합니다."

칠흑팔검은 사무실에 자주 들르는 편이었기 때문에 파란책의 정기회의 시간을 알고 있었다. 확실히 지금은 기존의 정기회의 시간이 아니었다.

"정기회의 시간이 바뀌었거나 아니면 긴급회의겠네요."

규현이 두 가지 가능성을 제시했고 칠흑팔검도 동의하는 듯 고개를 끄덕였다.

"아마도 그렇겠죠."

"그리고 긴급회의라면 안건은 아마도 독점 제휴 문제겠군요."

규현이 추측했다.

지금 시기에서 긴급회의라면 안건으로 사용될 만한 내용은 극히 한정되어 있었다. 가장 유력한 것은 독점 제휴 문제였다.

칠흑팔검은 시간을 확인했다.

어느덧 두 사람이 파란책 사무실에 찾아온 지도 꽤 시간이 흘러 있었다.

"벌써 30분이 지났습니다. 회의가 끝나지 않는군요."

칠흑팔검의 말에 규현은 말없이 응접실을 나왔다. 마침

응접실 앞으로 익숙한 얼굴의 직원이 지나가고 있었다. 전에 파란책 사무실에 가끔 들렀을 때 몇 번 마주친 적이 있는 직원이었다.

"저기요?"

이름은 기억나지 않았지만 규현이 그를 불러 세웠다. 직원이 발걸음을 멈추고 몸을 돌려 규현을 보았다.

"네?"

"회의가 언제 끝나는지 알 수 있을까요?"

"평소대로라면 20분 정도 전에 끝났어야 하는데 오늘은 조금 늦어지네요."

직원은 규현의 질문에 흔쾌히 대답해 주었다.

"감사합니다."

규현은 고개를 살짝 숙이며 감사를 표한 뒤, 응접실로 돌아갔다.

"뭐라고 합니까?"

칠흑팔검이 물었다. 응접실 밖에서 이야기한 거라 그에겐 잘 들리지 않았다.

규현은 한숨과 함께 의자에 앉으며 입을 열었다.

"기약 없는 기다림이 시작된 것 같네요. 원래 회의는 진즉에 끝났어야 했다더군요."

"언제 끝날지 모르는데 그냥 돌아가는 것이 좋지 않겠습니까?"

칠흑팔검이 말했다.

일이 많이 없다면 계속 기다려도 큰 문제가 없겠지만 규현과 칠흑팔검은 아주 바빴다.

언제 끝날지 모르는 회의가 끝나기를 기다리다가는 업무에 차질이 발생할 수도 있었다.

"저는 노트북 가지고 왔는데… 작가님은 안 가지고 오셨어요?"

규현은 가방에서 노트북을 꺼내며 물었다.

그는 언제나 남는 시간에 글을 쓸 수 있도록 노트북을 가지고 다녔다.

"물론 저도 가지고 왔습니다."

그리고 그건 칠흑팔검도 마찬가지였다.

규현이 노트북을 꺼내자 칠흑팔검도 가방에서 노트북을 꺼냈다.

그 모습을 보며 규현은 만족스러운 표정으로 입을 열었다.

"회의 끝날 때까지 여기서 작업하면 되겠네요."

"하지만 저희가 아쉬운 모습을 보이면 협상에서 불리하게 작용할 수도 있습니다."

아쉬운 게 많다는 입장이라는 것을 들키게 되면 자연스

럽게 상대방은 협상에서 주도권을 잡으려 할 것이다.

"그런 위험을 감수해야 할 정도로 저희는 급합니다. 작가님, 지금 이 기회를 놓칠 수는 없어요."

규현은 단호했다.

대형 이북 플랫폼과 독점 제휴 관계가 아닌 출판사나 매니지먼트 중에서 그나마 규모가 있는 곳은 파란책이 유일했다.

물론 다른 영세한 곳도 많았지만 그들과는 독점 제휴 계약을 하더라도 큰 이익이 없었다.

게다가 영세 출판사나 매니지먼트 중에서도 유명한 대표작이 하나라도 있는 곳은 모두 북페이지나 나이버 스토어 또는 다른 이북 플랫폼과 독점 제휴 계약을 맺었다.

그래서 지금 다른 이북 플랫폼과 독점 제휴 관계가 아닌 영세 출판사나 매니지먼트는 대표작조차 없는 경쟁력 없는 자들이 대부분이었다.

"남아 있는 출판사들은 전부 경쟁력이 없는 곳입니다. 무슨 일이 있어도 파란책과 독점 제휴 계약을 해야 해요."

"무슨 말씀인지 알겠습니다."

규현의 설명에 칠흑팔검은 그의 말이 맞다고 생각하며 설득하는 것을 포기했다. 그는 말없이 노트북 전원을 켰다. 그 모습을 본 규현도 노트북 전원을 켜고 원고 작업을 시작했다.

와이파이도 잘 잡혔기 때문에 메일도 보낼 수 있었다.

작업 환경이 조금 달라지긴 했지만 글을 쓰는 데 불편한 점은 없었다.

다만 기다리는 것도 정도가 있었기 때문에 너무 오래 기다리면 파란책에 얕보일 수도 있었다.

그래서 규현은 30분 정도만 더 기다려 보고 안 되면 사무실로 돌아가야겠다고 생각했다. 하지만 다행히도 10분 후에 창석이 문을 열고 들어와 회의가 끝났다는 사실을 알려 주었다.

"곧 조 팀장님이 들어오실 거예요."

창석이 나가고 얼마 지나지 않아서 규태가 문을 열고 들어왔다.

"기다리게 해서 죄송합니다. 갑자기 시작된 회의가 늦게 끝나 버렸네요."

규태가 볼을 긁적이며 말했다.

"독점 제휴 문제로 바쁘게 돌아가는 것 같군요."

칠흑팔검의 말에 규태의 눈동자가 흔들렸다. 그는 애써 숨기려고 미소를 지었지만 규현이 보기에는 그 모습이 어색했다.

'역시 숨기려고 하는군.'

자신의 불리한 점을 드러나게 된다면 협상할 때 여러 모로 좋지 않았기 때문에 그것을 숨기는 것도 협상의 기술이었다.

이북 플랫폼 사업 계획이 무산된 지금, 파란책 또한 급해졌을 것이다.

이북 플랫폼과 독점 제휴를 하지 않으면 도태될지도 모르는 상황에서, 파란책 또한 아쉬운 입장이기 때문에 북페이지와 나이버 스토어는 갑의 입장을 취할 것이다. 물론 갑의 입장을 취하되 적당히 구슬리려고 할 것이다.

가람북은 독점 제휴를 한 곳이 없기 때문에 더 늦기 전에 다른 플랫폼을 빨리 찾아야 하는 입장이었다.

그래서 파란책과 잘될 거라고 생각했겠지만 사업은 그렇게 단순하게 결정되는 게 아니었다.

'서로 조금이라도 더 많은 이익을 챙기려 하지. 틈을 보이는 순간 패배다.'

조금이라도 더 많은 이익을 챙기고자 약점을 숨긴다. 만약 틈을 보여서 약점을 들킨다면 협상은 그 순간 패배하는 게임과 같았다.

그리고 이 게임에는 친구라는 건 없다.

우호적인 관계를 유지해 온 파란책이 적은 아니지만 그렇다고 해서 완전한 친구가 될 수도 없었다.

"커피 좀 부탁드려요."

마시고 있던 커피가 바닥을 보이자 규태는 문을 열고, 마침 그 앞을 지나가고 있는 직원에게 커피를 부탁했다.

"어디까지 이야기했었죠?"

규태는 입가에 미소를 머금은 채 의자에 앉았다.

규현과 칠흑팔검이 노트북 전원을 끄고 가방에 집어넣는 사이, 직원이 커피 세 잔을 들고 와 내려놓았다. 그리고 빈 종이컵을 들고 나갔다.

"독점 제휴에 관한 이야기를 하고 있었습니다."

"그렇군요. 그리고 보니 칠흑팔검 작가님도 가람이셨죠?"

규현의 대답에 규태는 커피를 한 모금 마시며 칠흑팔검에게 물었다.

칠흑팔검은 대답 대신 고개를 끄덕였다.

"독점 제휴 문제 이야기를 하시는 걸 보니 그 문제로 찾아오신 것 같군요."

"네. 서론은 생략하고 본론부터 말하겠습니다. 저희와 독점 제휴 하시죠."

"그게 말처럼 쉬운 게 아닙니다."

규현의 예상대로 파란책은 규현과 우호적인 관계를 유지하고 있었지만 막상 중요한 순간이 오니 애매한 태도를 취했다.

규현과의 관계는 나쁘지 않았지만 그렇다고 해서 전처럼 가까운 것도 아니었다.

"저는 지금 파란책과 가람북이 동시에 윈윈할 수 있는 방법을 제안하고 있는 겁니다. 저희와 독점 제휴를 한다면 첫 번째 독점 제휴 매니지먼트에 걸맞은 대우를 해드릴 것입니다."

규현의 말에 규태는 망설이는 듯한 표정이었다.

회의에서 어떤 결정이 났는지 알 수는 없었지만 규현의 제안이 매력적인 것은 사실이었다.

북페이지와 나이버 스토어는 파란책이 급한 상황이라는 것을 알기가 무섭게 특약 조항을 순식간에 빼버리고 계약 조건도 조금 낮춰 버렸다.

이런 상황에서 규현의 제안은 달콤했지만 덥석 물면 조급해 보일 수도 있기 때문에 신중할 수밖에 없었다.

"오랜만에 뵙게 되어서 반가웠는데… 이렇게 사업 이야기로 흘러가게 되네요."

규태는 쓸쓸한 미소를 지은 채 커피를 마셨다.

사업 이야기는 불편할 수도 있겠지만 두 사람에게 꼭 필요했다.

"불편할 수도 있지만 꼭 해야 하는 이야기입니다."

"네, 그건 저도 알고 있습니다."

칠흑팔검의 말에 규태는 고개를 끄덕이며 동의했다.

"그렇다면 작가님, 계약 조건을 말씀해 주실 수 있으신가요?"

"물론이죠. 설명하는 것보다 직접 보시는 게 빠를 테니⋯ 계약서를 보여 드리겠습니다."

규현은 가방에서 계약서를 꺼냈다.

계약서에는 계약 조건과 같은, 규현이 적어야 할 내용이 모두 채워져 있었다. 파란책 측에서 사인만 하면 바로 계약이 성립될 것이다.

"나쁘지 않네요?"

계약서를 꼼꼼하게 검토한 규태가 감상을 말했다.

"나쁘지 않은 정도가 아닐 텐데요. 현 시점에서 저희보다 좋은 조건을 내세우는 이북 플랫폼은 없을 겁니다."

규현의 말에 규태는 흔들리는 눈동자로 계약서를 주시했다.

북페이지와 나이버 스토어는 독점 제휴 경쟁 초기만 해도 스스로 을을 자처하며 고개를 숙였지만 파란책의 이북 플랫폼 계획이 무산되자 을의 가면을 벗고 갑이 되어 줄다리기를 시작했다.

"아무래도 사장님께 보고드려야 할 내용 같군요. 절 따라오시죠."

규태는 규현과 칠흑팔검을 사장실로 안내했다.

회의에서는 계약 조건이 좋지 않더라도 규모도 크고 경쟁력도 있는 나이버 스토어와 독점 제휴 계약을 하자는 쪽으로 결정이 났지만 규현이 제시한 조건도 좋았기 때문에 최종 결정권이 있는 사장 강광진에게 보고해야 했다.

"사장님, 규태입니다."

"조 팀장? 들어와도 좋습니다."

안에서 광진의 목소리가 들리자 규태는 천천히 문을 열고 사장실 안으로 들어갔다.

"들어오시죠."

뒤이어 규현과 칠흑팔검도 사장실 안으로 들어갔다.

규현은 물론이고 칠흑팔검도 파란책과 함께하면서 사장실에 몇 번 들어온 적이 있었다.

의자에 앉아서 휴대용 게임기로 게임을 하고 있던 광진은 규태 외의 인기척을 느끼고 고개를 들었다.

그리고 규현과 칠흑팔검을 발견하고는 게임기 전원을 끄고 내려놓았다.

"반가운 얼굴들이네요! 작가님들, 그동안 잘 지내셨습니까?"

광진이 호들갑을 떨며 의자에서 일어나 소파로 이동했다.

"어서 앉으세요."

규현과 칠흑팔검, 그리고 규태가 소파에 앉자 광진은 규현을 향해 흥미로운 눈빛을 보내며 입을 열었다.

"정규현 작가님, 사업이 아주 잘되고 있다고 들었어요."

"운이 좋았습니다."

비꼬는 것처럼 느껴질 수도 있지만 그의 표정에서 진심으로 축하해 준다는 느낌을 받을 수 있었다.

"단순히 운이 좋아서만은 아닐 겁니다. 운도 필요하긴 하지만 전부는 아니잖아요?"

"그건 그렇습니다."

"그렇죠. 그나저나 무슨 일로 오셨나요? 단순히 인사하러 온 건 아닌 것 같군요."

광진의 두 눈이 날카롭게 빛났다.

늘 장난스러운 그였지만 사업을 하는 사람답게 눈치가 보통이 아니었다.

"역시 눈치가 빠르시네요."

규현의 시선이 규태에게 향했다. 그가 보고할 것이라고 생각했지만 침묵을 지켰다. 아무래도 규현이 말할 기회를 주는 것 같았다.

"파란책에 독점 제휴 계약을 제안하고 싶습니다."

"그렇군요. 그러면 일단 계약 조건부터 들어봐야겠죠?"

"백문이 불여일견. 바로 보여 드리죠."

규현은 가방에서 계약서를 꺼내 광진에게 건넸다.

"계약 조건은 상당히 좋은 것 같습니다."

옆에서 규태가 조심스럽게 의견을 말했다. 그의 말에 동의하는 것인지 광진은 고개를 끄덕였다.

"조건은 상당히 좋네요. 하지만 북페이지와 나이버 스토어가 더 경쟁력 있지 않겠습니까? 저희가 두 곳을 포기하고 가람북을 선택했을 때 가질 수 있는 이점이 무엇이죠?"

"지금 북페이지와 나이버 스토어는 많은 출판사와 매니지먼트가 독점 제휴 중인 거 아시죠?"

규현의 말에 광진은 고개를 끄덕였다.

북페이지와 나이버 스토어는 이북 플랫폼 중에서 가장 경쟁력 있고 규모도 크기 때문에 출판사나 매니지먼트가 가장 선호하는 곳이었다.

그래서 현재 대부분의 출판사와 매니지먼트는 북페이지나 나이버 스토어와 독점 제휴 계약을 했고, 그 때문에 다른 이북 플랫폼들은 죽어가고 있었다.

"그들에 비해 저희 가람북은 아직 독점 제휴 계약을 한 곳이 단 한 군데도 없습니다. 이게 무엇을 의미할까요?"

"이벤트를 몰아주겠다는 말씀이신가요?"

광진이 추측했다. 역시 눈치가 빨랐다.

규현은 입가에 미소를 머금었다.

"다른 매니지먼트나 출판사가 저희와 독점 제휴를 하기 전까지 이벤트를 몰아주겠습니다."

"과연 매력적인 제안이네요."

규현의 말에 광진은 살짝 감탄한 얼굴로 등받이에 몸을 기대었다.

가람북과 계약할 만한 출판사나 매니지먼트는 이제 없다고 봐도 좋았다.

괜찮은 곳들은 대부분 북페이지나 나이버 스토어와 독점 제휴 계약을 한 상태였고, 그나마 남은 출판사나 매니지먼트는 대표작이 하나도 없었다.

규현의 제안은 한참 동안 이벤트를 거의 독식하게 해준다는 것과 다름없었다.

"어떻습니까?"

"분명 매력적인 조건이지만 문제도 보이네요. 어차피 규모도 작은데 이벤트가 큰 의미가 있습니까?"

"분명 있습니다."

규현은 가방에서 서류를 하나 꺼내 광진에게 건넸다.

광진이 그것을 읽기 시작했고 규현은 입을 열었다.

"보시면 아시겠지만 저희 주요 독자의 유입은 광고를 통해 노출된 제 작품과 대표작 몇 개를 보고 유입되는 경우가 많습니다. 그리고 이들은 주로 홈페이지 메인에서만 놉니다.

그 말은 즉······."

"메인에 노출될수록 매출이 증가한다는 말씀이십니까?"

규현의 말을 광진이 받았다.

규현은 입가에 미소를 머금은 채 고개를 끄덕이며 입을 열었다. 아직 끝이 아니었다.

"저희는 마케팅에 2배 더 투자할 예정입니다. 파란책은 저희의 마케팅 효과를 제대로 누릴 수 있을 것입니다."

"지금도 가람은 마케팅에 꽤 많은 자금을 투자하고 있는 걸로 알고 있는데 2배나 더 투자할 자금이 남아 있습니까?"

광진이 두 눈을 가늘게 뜨고 규현을 보며 물었다.

가람이 가람북 마케팅에 많은 투자를 쏟고 있다는 것은 당장 인터넷에서 볼 수 있는 광고에서 가람북이 노출되는 빈도만 봐도 알 수 있었다.

게다가 얼마 전에는 TV 광고와 네이버 배너에도 광고를 걸었으니 그 부분은 쉽게 예상할 수 있었다.

"자세한 것은 밝힐 수 없지만, 가람북의 규모에 비해 매출은 상당한 수준입니다. 마케팅에 투자하는 자금을 2배로 늘려도 크게 문제가 없어요."

규현의 말에 광진의 표정이 변했다.

생각보다 가람북의 매출이 높은 데에 놀란 것이다.

"지금 계약하면 이 계약서에 적힌 조건으로 하는 거지요?"

"물론입니다."

"좋습니다. 그럼 계약하도록 하죠."

광진은 호쾌하게 가람북과의 독점 제휴를 결정했다.

북페이지와 나이버 스토어라는 경쟁력 있는 이북 플랫폼과 독점 제휴 계약을 한다는 선택지도 남아 있었지만 규현의 말대로 가람북과 계약하는 게 여러 이점이 있을 것 같았다.

단점도 분명히 있지만 모든 일에는 장단점이 있는 법이다. 그리고 가람북과 독점 제휴 계약을 하면 장점이 더 많다고 판단되었다.

규현은 계약서를 하나 더 꺼냈다. 광진은 펜을 준비했다.

"그리고 마케팅 우선권은 구두가 아닌 특약 조항에 확실하게 명시해 주셨으면 좋겠어요."

"네, 지금 작성해 드리죠."

광진이 계약서를 돌려주자 규현은 특약 조항을 적는 곳에 마케팅 우선권에 대해 적어 넣었다. 옆에서 그 모습을 지켜본 광진은 만족스러운 얼굴로 고개를 끄덕였다.

계약서 작성이 끝나고 규현과 광진은 일어나 가볍게 악수했다.

"잘 부탁드립니다."

규현의 말에 광진은 미소를 지었다.

"저야말로 잘 부탁합니다."

*   *   *

10월이 되면서 파란책의 작품들이 본격적으로 가람북에서 서비스되기 시작했다.

파란책은 100명이 넘는 작가들과 계약하고 있었기 때문에 많은 작품이 가람북에서 서비스될 수 있었다.

한편 가람은 강예리 작가의 적월의 꽃을 시작으로 규현이 다른 필명으로 집필한 가시 꽃과 여러 로맨스 작가의 작품들을 차례대로 내세워 로맨스 시장에 진출했다.

로맨스 시장에서 예리는 제법 유명했기 때문에 그녀의 이름을 보고 찾아오는 독자들의 수는 엄청났다. 그 결과 로맨스 시장 개척과 함께 적지 않은 신규 이용자들이 새롭게 가람북에 유입되었다.

대성공이라고 하기엔 부족했지만 나름 성공적이라고 말할 수 있었다.

"칠흑팔검 작가님, 신작 반응은 좀 어때요?"

한편 칠흑팔검 또한 신작 1권을 공개했다.

"나쁘지는 않지만 1권만 공개해서 그런지 좋지 않은 반응이 조금 보이네요."

장르 문학계에선 신작을 공개할 때 1권과 2권을 동시에 내놓는 경우가 많았다. 하지만 칠흑팔검은 최근 바빠진 규현을 대신해서 업무를 처리하느라 2권의 절반밖에 쓰지 못했기 때문에 1권만 공개할 수밖에 없었다.

그나마 다행인 점은 칠흑팔검의 작품이 재밌기 때문에 1권만 출간해도 구설수에 오르지 않았다.

"이번 신작도 재밌으니까 너무 걱정 마세요. 1권만 공개해도 재밌으면 그만입니다."

"저도 그렇게 생각합니다."

칠흑팔검의 대답에 규현은 미소를 지으며 고개를 끄덕였다. 그러고는 의자에서 일어나 회의실을 향해 발걸음을 옮기며 입을 열었다.

"잠시 전화 통화 좀 하고 오겠습니다."

다들 바쁘게 일하고 있기 때문에 대답은 들려오지 않았다.

규현은 회의실 문을 열고 들어가 창가로 향했다. 창문을 열자 불어오는 시원한 바람을 맞으며 중국 사무실을 관리하고 있는 유민주 팀장에게 전화를 걸었다.

―유민주입니다.

"민주 씨, 김병규 작가님 리턴 테라포밍 중국어 번역 작업은 잘 진행되고 있어요?"

—네, 지금 번역 작업은 이미 끝났어요. 지금 북경 서고 유상준 대리님에게 원고를 넘기려고요.

민주가 진행 상황을 보고했다. 상준에게 원고를 넘긴다는 것으로 보아 일정에 맞춰 순조롭게 진행되고 있는 것 같았다.

"그렇군요. 잘 부탁합니다. 마케팅도 확실하게 해주세요."

재밌으면 가만히 있어도 주목을 받는다고 하지만 아무리 그래도 마케팅의 힘은 무시할 수 없었다.

—이미 북경 서고에서 최대한 지원해 주기로 했습니다.

다행히 북경 서고에서 지원해 줄 모양이었다.

중화 북스를 무너뜨린 뒤부터 북경 서고는 완전한 아군이 되어 가람에 대한 전폭적인 지원을 아끼지 않고 있었다.

"부탁합니다."

용건을 해결한 규현은 바로 전화를 끊고 회의실을 나가 사무실로 돌아갔다.

사무실은 여전히 바쁘게 돌아가고 있었다.

"하은 씨."

서류 보관함 앞에서 서류 정리를 하고 있던 하은이 작업을 멈추고 규현을 보았다.

"네, 대표님."

"아마존에 올릴 작품 명단 작성은 끝냈습니까?"

규현은 계획하고 있던 아마존 진출을 얼마 전부터 진행하고 있었다. 미국 출판 사업자 라이선스도 취득했으니 장애물은 없었다.

"네. 조금 전에 작성이 끝났는데 대표님께서 통화 중이셔서 전달해 드리지 못했습니다. 5분 내로 서류를 정리해서 바로 올리겠습니다."

5분 후 그녀는 서류 정리를 끝내고 규현에게 아마존에 진출시킬 작품 명단을 제출했다.

영문판으로 올라갈 작품은 예리의 적월의 꽃과 규현의 귀환 영웅뿐이었지만 한국어판으로 올라갈 작품은 많았다.

번역 작업이 필요한 영문판과 달리 한국어판은 미국 출판 사업자 라이선스가 있는 이상 그냥 사소한 절차만 거치면 올릴 수 있기 때문에 비교적 많은 작품을 올릴 수 있었다.

"예상보다 한국어판이 많이 올라가네요?"

"네. 미국에 진출한다는 그 생각만으로 들뜬 작가들이 마구 요청해 왔습니다."

"아무래도 그렇겠죠."

하은의 대답에 규현은 고개를 끄덕였다.

아마존에 작품이 올라간다는 것은 미국에 진출하는 것을 볼 수도 있기 때문에 많은 작가를 흥분시켰을 것이다.

"하지만 영문판으로 출간되는 두 작품이 한국어판으로 출간되는 작품을 모두 합친 것보다 더 많은 매출을 기록할 것으로 보입니다."

"그럴 수밖에 없죠. 아마존의 주 고객은 영어를 사용하니… 한국어로 된 소설을 읽지 않을 겁니다."

규현도 하은의 생각과 같았다.

운이 좋다면 교포들이 읽을 수 있겠지만 좋은 성적은 기대하기 힘들 것이다. 한국어판 소설들의 아마존 진출은 어디까지나 신인들을 유인하고 고무시킬 당근에 불과했다.

"너무 많이 업로드하면 영문판의 노출이 줄어들 수도 있으니, 조금만 쳐내세요."

"알겠습니다. 로맨스는 제외하고 쳐내면 되는 것이지요?"

"네. 로맨스 작가들과는 아마존 진출을 약속했으니 쳐내지 마세요."

로맨스 작가들에겐 계약 조항에 아마존 진출을 넣었기 때문에 쳐낼 수 없었다.

"다음 영문판 제작은 어떤 작품을 할 생각이신가요?"

"일단 지켜볼 생각입니다. 가능성이 보이는 작품을 골라야겠죠?"

단 두 작품만 영문판으로 만들 생각은 없었다. 스탯을 확인해서 해외 흥행 예상 스탯이 높은 작품을 영문판으로 번

역해서 아마존에 올릴 생각이었다.

영문판 제작은 번역을 해야 하기 때문에 만만치 않은 인건비가 들어간다. 그래서 아무 작품이나 제작할 수는 없었다.

"저, 일본 출간은 어떻게 되는 건가요?"

규현과 하은의 대화가 끝나자 예리가 질문했다. 그녀의 작품인 적월의 꽃은 일본에도 출간하기로 했고 얼마 전에 교토 북스에 원고를 보낸 상태였다.

"오늘 아침에 교토 북스에서 메일을 보냈습니다. 모든 순조롭게 진행되고 있다고 하네요. 아마도 11월 초에는 출간할 수 있을 것 같다고 합니다. 오늘 아침에 그쪽에서 메일을 보냈는데 바빠서 미처 말씀 못 드렸네요."

"감사합니다, 대표님."

"궁금한 거 있으시면 언제든지 물어보세요."

규현은 입가에 미소를 머금은 채 말하며 의자에 앉았다. 마감에 쫓기듯 노트북 키보드를 두드리던 9월과는 달리, 10월이 되면서 다소 여유를 찾았기 때문에 규현은 여유로운 얼굴로 노트북 키보드를 두드리기 시작했다.

[오빠, 오늘 저녁에 시간 있으세요?]

한창 노트북 키보드를 두드리고 있을 때 지은이 보낸 문자메시지를 확인할 수 있었다. 규현은 슬며시 웃으며 그녀에게 답장을 보냈다.

*   *   *

"느, 늦었다!"

규현과 즐거운 시간을 보내고 집으로 돌아온 지은은 정원에서 뒤늦게 시간을 확인하고는 발을 동동 굴렀다.

시간이 늦어 퇴근한 정재를 대신해 지은을 데리고 온 집사의 안색은 이미 창백해졌다.

"으으."

현관문을 보며 손톱을 깨물던 그녀는 일단 부딪쳐 보자는 비장한 결심과 함께 문을 열어젖히고 안으로 들어갔다.

"와서 앉아라."

자신의 방이 있는 층으로 올라가기 위해 계단으로 향하던 그녀는 거실에서 들려오는 태식이의 묵직한 목소리에 걸음을 멈췄다.

"아, 아버지……."

지은의 안색이 창백해졌다.

'아빠'라는 호칭을 자주 사용하는 그녀였지만 얼어붙은

분위기에 '아버지'라는 말이 자연스럽게 나왔다.

몸을 돌려 거실로 향하니 넓은 거실 중앙의 소파에 태식이 앉아 있었고 대각선에 위치한 소파에 지혜가 앉아 있었다.

"와서 앉아."

태식은 다시 한번 앉으라고 강조하자 지은은 아무 소리도 못 하고 지혜의 앞에 앉았다. 지혜는 뭐가 그렇게 재밌는지 입가를 씰룩이며 간신히 웃음을 참고 있었다.

"요즘 부쩍 늦게 다니는 날이 잦아졌는데… 남자라도 만나는 거냐?"

태식의 물음에 지은은 돌처럼 그 자세 그대로 굳어버렸다. 그녀의 눈동자는 바쁘게 이리저리 움직였고 두뇌 회전이 빨라졌다.

여기서 규현의 존재를 드러낼지 숨길지 고민하고 있는 것이다.

"왜 말이 없니?"

지혜가 비꼬듯 말했다. 지은은 지혜의 말을 무시했다. 그녀의 말에는 대답할 필요가 없다고 생각했다.

"아뇨. 그냥 요즘 친구들 만나느라 그랬어요."

고민 끝에 그녀는 규현의 존재를 숨기기로 했다. 섣불리 그의 존재를 알리면 태식의 성격상 만남을 막을 수도 있다고 생각했기 때문이었다.

"남자 친구가 별 볼 일 없나 봐? 숨기네?"

지혜의 말은 웬만하면 무시하려고 했지만 그 말은 그냥 듣고 넘길 수 없었던 지은은 벌떡 일어나 입을 열었다.

"우리 오빠 무시하지 마!"

지혜의 입가에 퍼지는 비웃음을 본 순간, 지은은 자신이 실수했음을 깨달았다. 도발에 넘어가 남자가 있다고 시인해 버린 것이다.

불길한 느낌이 들었다.

고개를 옆으로 돌리니 아니나 다를까 태식이 심상치 않은 눈빛으로 지은을 보고 있었다. 그와 눈이 마주치자 그녀의 눈동자가 흔들렸다.

"긴말하지 않겠다. 다음에 한번 데려오도록 해라. 얼굴이나 보자."

『작가 정규현』 7권에 계속…